I0536538

DU MÊME AUTEUR

Maître et soumise Roman
À toi au jour le jour : Chronique d'une soumission Roman
Invitation chez Mr C Nouvelles
Le donjon Nouvelle
L'initiation de Sophie Roman
Un Lion et une Marquise Nouvelles
Cri : fragments d'une soumission Nouvelles
Femmes, je nous aime Nouvelles
ELLE Roman

Série « La Dalmatienne »
Humiliation
La décision de Clara
Épreuve de force
La capacité de la vessie de ma chienne
Annelage

© 2008 par Christine Arven
Tous droits réservés

CHRISTINE ARVEN

SOUS LE FOUET DU PLAISIR

Nouvelles BDSM

… Sous le fouet du plaisir
Ce bourreau sans merci…
Beaudelaire

Sous le fouet du plaisir

En ce milieu d'après-midi, Claire était en pleine réunion de travail lorsque son téléphone se mit à vibrer. Son cœur bondit dans sa poitrine quand elle vit le prénom de Thierry inscrit sur l'écran. Un très bref moment, elle hésita. Normalement, en de telles circonstances, son téléphone aurait dû être coupé. Sous le regard désapprobateur de ses collègues, elle le porta néanmoins à son oreille incapable de résister au plaisir d'entendre la voix de Thierry :

— J'ai envie de toi, l'écouta-t-elle murmurer. Tu es seule ?

— Non, répondit-elle la voix enrouée d'émotion.

— Dommage…

Thierry laissa planer un bref silence empli d'ambiguïté puis continua d'un ton sans réplique :

— Je t'attends chez moi à 17 heures !

L'ordre claque, péremptoire !

— D'accord, acquiesça-t-elle, pour la forme, en chuchotant.

— Bien ! Ce soir, je vais chauffer tes fesses. Prépare-toi à souffrir ma chienne…

Elle sentit une rougeur subite envahir son front en entendant ces derniers mots et involontairement elle se trémoussa sur sa chaise.

— Oui, pas de problème.

— À tout à l'heure.

— À tout à l'heure…

Et elle raccrocha.

Cette rapide conversation l'avait mise en émoi et Claire reprit avec difficulté la suite de la réunion. Impossible pour elle de se concentrer. Ses pensées la ramenaient sans cesse à Thierry, son amant depuis six mois, qui l'avait initiée aux joies équivoques, mais oh ! combien exaltantes de la soumission.

Si, à 35 ans, Claire avait connu de nombreuses aventures, celles-ci jusqu'à sa rencontre avec Thierry, avaient été classiques. Satisfaisantes, stimulantes, mais d'une banalité désespérante. Claire devait bien convenir que, passé l'émoi de la première étreinte, elle se lassait promptement de ses partenaires de passage et éprouvait à les sentir la besogner consciencieusement une impression d'ennui dans laquelle se diluait irrémédiablement son excitation. Jusqu'à ce qu'elle fasse la connaissance de Thierry ! Cela avait été une véritable révélation pour elle. Au début, elle avait, bien sûr, été effrayée par sa brutale autorité, mais elle avait rapidement compris que sous cette apparente violence, en fait elle ne risquait rien. Très vite, elle avait accepté se soumettre à ses caprices, et avait ressenti à le laisser l'attacher, la fesser, la sodomiser, un plaisir sans ambiguïté. Et quand, rassurée, elle s'était enfin abandonnée complètement entre ses mains expertes, elle avait connu son véritable premier orgasme.

Le reste de la journée lui parut se traîner interminablement. Sans cesse, son regard se portait à son poignet, surveillant la lente avancée des aiguilles de sa montre. Au fur et à mesure que les heures s'écoulaient, avec une lenteur désespérante, elle sentait croître au fond de son ventre une appréhension de plus en plus grande à laquelle s'imbriquait une excitation non moins importante. Difficile de démêler ce qu'elle éprouvait. Dans sa tête, les derniers mots de Thierry résonnaient prenant un relief progressivement plus inquiétant, mais qui, loin de la rebuter, au contraire la faisait trépigner d'impatience. Qu'allait-il pouvoir inventer pour eux ce soir ? Elle visualisait Thierry se préparant à la recevoir, élaborant le scénario chaque fois différent de leur rencontre. Un moment, elle songea à s'isoler pour soulager un tant soit peu, en se masturbant, la tension érotique qui l'habitait. Mais Thierry n'avait pas évoqué cette option. C'est donc qu'il voulait l'imaginer ainsi, le désir chevillé en elle !

Après avoir raccroché, Thierry demeura quelques minutes rêveur le téléphone à la main. Il savait que ses paroles et la perspective de ce qui l'attendait avaient allumé un incendie dans le corps de sa soumise. Il espérait qu'elle avait bien compris qu'elle se devait de rester ainsi et arriver chez son Maître la chatte dégoulinante de ce désir contenu.

Il fit rouler sur sa langue le prénom lumineux de son amante et se remémora avec un frisson de plaisir ce qu'il avait déjà expérimenté avec elle. Claire n'était bien sûr pas la première femme qu'il avait initiée à la soumission. Mais la confiance qu'elle avait en lui, sa volonté farouche à le satisfaire, sa docilité sans failles, sa fragilité l'émouvaient comme aucune avant n'en avait été capable. D'avance, il savourait les émotions qu'ils allaient partager. Rarement, il avait éprouvé avec une soumise un tel accord, une pareille complicité. Encore plus exceptionnel, il avait rencontré en Claire une femme qui faisait preuve malgré son inexpérience d'un entrain réjouissant dans la soumission, toujours prête à se plier à toutes ses exigences et à expérimenter de nouvelles sensations. Dès le début de leur relation, elle avait su faire taire ses hésitations et l'avait suivi sur les chemins tortueux de ses désirs. De bon cœur, elle s'était prêtée à tous les jeux qu'il lui avait concoctés et s'était conformée sans condition à sa loi. À la fois fière et disciplinée. D'une resplendissante sensualité dont elle assumait sans fausse honte toutes les facettes. Il aimait lorsque, sous couvert d'une soi-disant timidité de bon ton, elle le contemplait yeux ronds et bouche bée, alors qu'il lui débitait les supplices qu'elle allait subir. D'une petite voix, elle lui soufflait alors que jamais elle ne pourrait... que cela ne se faisait pas... mais son regard brillant d'impatience et son sourire radieux démentaient cette subite pudeur.

Pour ce soir, il décida que Claire serait, dans un premier temps fessée, puis fouettée d'abord à la ceinture (celle qu'elle lui avait offerte...) ensuite à la canne de discipline qu'il n'avait encore jamais expérimentée sur elle et qu'il savait être particulièrement rude. Mais il faisait confiance à son endurance et... à sa curiosité. Il alla dans sa chambre et prit dans son armoire l'épais ceinturon de cuir dont il ceignit sa taille. Il retourna dans le salon et disposa au milieu de la pièce, une chaise au haut dossier bien droit. Très inconfortable, mais dont l'assise avait le mérite d'être trouée. Il sortit dans le jardin et se dirigea vers un saule pleureur. Soigneusement, il choisit une branche, ni trop grosse, ni trop fine qu'il coupa avant de la lisser afin d'en ôter les nœuds qui pourraient occasionner des plaies profondes. D'un bref mouvement du poignet, il la fit siffler dans l'air pour en tester à la fois la souplesse et la résistance. Rien de plus désagréable qu'une tige qui casse en plein milieu d'une séance. Le bois ne devait pas, non plus, être trop dur. Loin de lui, l'idée de blesser durablement Claire. Puis il rentra dans le salon et disposa bien en évidence sur la table, la canne. Voilà, tout était prêt. Le décor était planté. Il lui suffisait maintenant d'attendre. Il se servit un verre puis s'installa un livre à la main dans le vaste canapé et se mit à lire.

Quand enfin, Claire prit la direction de l'appartement de Thierry, elle était dans un état d'excitation qu'elle avait rarement connu. Étonnant comme la perspective d'être fessée lui plaisait. Mais Thierry se contenterait-il de cela ? Pendant tout le trajet, elle essaya d'imaginer les pratiques que Thierry lui réservait pour cette fin d'après-midi. Elle ressentait à anticiper les différentes postures qu'il la contraindrait à adopter, les traitements qu'il allait lui infliger, une angoisse certaine contrebalancée toutefois par un désir non moins évident. Elle aimait tellement quand il la manipulait, la disposait dans des positions plus ou moins humiliantes, l'attachait, usait à sa guise de son corps consentant ! Chaque rencontre avec Thierry était pour elle, et c'est cela qui était merveilleux, comme si c'était la toute première. Plaisir toujours renouvelé de la découverte...
Lorsque Thierry entendit la voiture de Claire se garer dans la cour, il se dirigea vers la porte d'entrée qu'il ouvrit avant même qu'elle sonne. Sur le seuil, il regarda la mince silhouette qui s'avançait vers lui d'un pas vif ses longs cheveux blonds virevoltant dans la brise. Il le contempla un léger sourire aux lèvres tout en détaillant son fin visage aux pommettes hautes que l'excitation rosissait. Elle était vêtue d'une courte robe moulante qui mettait en valeur les courbes voluptueuses de son corps et dont le décolleté profond laissait deviner le galbe de ses seins. Il s'effaça devant elle et la fit entrer dans le salon.
— Bonsoir, Claire.
— Bonsoir, Thierry.
— As-tu passé une bonne journée ?
— Oui plutôt satisfaisante. Et toi ?
— Moi... j'ai envie de te fouetter, lui répondit-il à brûle-pourpoint.
Claire ressentit une brusque chaleur l'envahir et ses joues s'empourprer. Mais elle ne dit rien et se contenta d'esquisser un sourire de connivence qui cachait mal le trouble qu'elle éprouvait. Soudain, elle eut l'intuition que les choses ce soir allaient être plus dures que les fois précédentes. Un reflet dans l'œil de Thierry...

Une légère tension de ses épaules... Elle le devinait à la fois déterminé et fébrile.

— Mais tu as peut-être soif ? reprit Thierry d'un ton plus courtois. Je te sers quelque chose ?

— Je veux bien, oui. Un grand verre d'eau bien fraîche...

— Je t'emmène ça tout de suite. Va dans le salon, je te rejoins.

En entrant dans la spacieuse et lumineuse pièce, Claire ressentit un bref pincement au creux de sa poitrine en apercevant la chaise disposée au centre qui semblait l'attendre. Bien en évidence sur la table qui lui faisait face, était posée une longue et mince baguette en bois blond. Mais déjà, Thierry revenait avec les mains encombrées d'un plateau sur lequel il avait posé deux grands verres d'eau. Il sourit en voyant Claire, les yeux brillants et la bouche légèrement entrouverte, fixer, comme hypnotisée, la canne.

Étonnée et vaguement inquiète, elle le dévisagea interrogative. Thierry se mit à rire tout en lui tendant le verre d'eau réclamée qu'elle but machinalement et il alla s'asseoir dans le canapé. Abruptement, il lui ordonna alors de se déshabiller.

Lentement, sous le regard attentif de Thierry, Claire entreprit de se dévêtir. Il aimait ce moment où elle se défaisait de ses oripeaux sociaux pour devenir sa soumise. Elle commença par ôter sa robe. Pourtant habitué, Thierry eut le souffle coupé à la vision du corps sculptural qu'elle lui dévoilait. Avidement, ses yeux glissèrent sur les seins lourds, mais d'une texture ferme, les hanches pleines qui accentuaient la finesse de la taille, le ventre dont le doux renflement plongeait vers la fente de son pubis parfaitement épilé. Claire était une très belle femme et elle le savait. Un moment, elle demeura indécise, les bras le long du corps, ses longues jambes fines et musclées pour l'instant pudiquement resserrées sur le secret de son sexe. Sur un signe de Thierry, elle dégrafa son soutien-gorge et libéra ses seins qui s'évasèrent en corolle sur son torse puis baissa sa culotte dont elle se débarrassa de quelques mouvements de pieds.

Thierry, d'un geste de la main, indiqua à Claire de s'approcher.

— Écarte tes cuisses, lui ordonna-t-il, que je m'assure de l'état dans lequel est ma chienne.

Docilement, Claire s'exécuta et laissa Thierry triturer son sexe.

— Bien, reprit Thierry, tu es mouillée à point... J'espère que tu ne t'es pas caressée dans l'après-midi ?

— Non, Maître. J'en avais pourtant très envie, mais comme vous ne m'avez pas dit de le faire, j'ai pensé qu'il ne fallait pas.

11

— Tu as bien pensé. Mais c'est que je possède une petite chienne très intelligente ! Tu as envie de jouir ?

— Oh oui ! Maître. Et si vous continuez avec votre main, je ne vais pas pouvoir me retenir.

— Tss tss... pas question, rétorqua Thierry en retirant ses doigts de la vulve détrempée. Plus tard peut-être... si ma chienne se comporte bien, elle aura éventuellement droit à une récompense.

— Méchant Maître !

— Oui, un méchant Maître pour une chienne en chaleur ! Mais c'est ainsi ! Écoute ce qui t'attend avant. Je vais d'abord te fesser. Durement. Je sais combien tu apprécies que mes mains fassent rougir ta croupe... Ensuite, nous passerons à la ceinture que tu adores, puis, ce que tu ne connais pas encore, à la canne que tu as vue sur la table. Es-tu d'accord sur ce programme qui sera, tu dois en être consciente, surtout pour ce qui est de la troisième étape, douloureux ?

— Oui, répondit Claire d'une voix rauque, cela me va. Mais... j'ai peur...

— Je n'en doute pas... Mais tu sais ce que tu as à faire pour que j'arrête immédiatement...

— Oui, Maître...

— Bien... Maintenant, viens t'allonger sur mes genoux, ton postérieur sur ma droite.

Claire se glissa en souplesse sur les cuisses de Thierry. Tête en avant, paumes posées à plat sur le carrelage, cheveux dans le vide, jambes touchant à peine terre, elle offrait, à la vue de son amant, le spectacle charmant de ses rondeurs, véritable aimant pour une main d'homme. Thierry caressa longuement les globes parfaits encore blancs qu'il s'apprêtait à maltraiter et les pétrit successivement. Il fit durer cet instant délicieux entre tous où le désir émerge lentement et prend son essor. Où tout est en devenir. Inéluctable. L'atmosphère s'était subtilement transformée et l'air semblait s'être chargé d'électricité. Puis Thierry leva la main et appliqua une première claque, plutôt modérée, sur la fesse droite. Claire ne dit rien, mais un frémissement la parcourut au contact de la paume. Elle sentit son cœur battre plus fort comme si quelque chose se mettait en branle au fond de son corps. Une seconde tape sur la fesse gauche, un peu plus forte que la précédente, la fit légèrement gémir. La troisième, immédiatement suivie de la quatrième, d'une intensité plus appuyée, commencèrent à nettement colorer ses cuisses. Puis les claques s'enchaînèrent à un rythme soutenu. Fesse droite. Fesse gauche. La main de Thierry claquait en cadence sur la croupe de Claire qui prenait un ton rouge peu à peu plus prononcé. À chaque nouvelle tape, Claire gémissait de plus en plus fort, mais ni elle ne bougeait ni ne cherchait, malgré la brûlure cuisante qu'elle ressentait, à se soustraire à la fessée. Seule la crispation involontaire de ses doigts laissait deviner la tension qu'elle s'imposait à rester ainsi, le cul offert. Des sensations contradictoires la transperçaient, mélange de honte, de souffrance, mais aussi d'un intense plaisir. Parfois, au lieu de la claque cinglante attendue, la main de Thierry la flattait tendrement et la faisait fondre de contentement. Il alternait ainsi tapes virulentes et douces caresses, jouait des ressentis discordants que ces variations éveillaient en Claire. Un coup violent la faisait se raidir. Une main légère et câline la consolait. Puis, Thierry entama un rythme plus soutenu. Ses deux mains claquaient à l'unisson sur les fesses et y laissaient, un bref instant, leur empreinte blanche avant de s'estomper dans la rougeur uniforme du postérieur. Vision qui enchantait et ravissait Thierry qui frappait en cadence la croupe grenat. Claire avait la sensation que celle-ci était devenue pour Thierry un tambour. En fait, elle était un tambour qui pleurait, gémissait. De bonheur ? De douleur ? Elle ne savait plus. Si l'on en croyait son sourire et ses larmes, sans doute les deux simultanément. Claire avait le sexe dans le même état que ses yeux : ruisselants. Son excitation s'amplifia à la perception de la queue de Thierry qui, sous l'étoffe du pantalon, durcissait contre son ventre. Raide, gonflée, lourde de désir. Longtemps, Thierry fit retomber ses mains, ne pouvant, comme emparé de frénésie, se résoudre à arrêter, enchaînant sans discontinuer les claques. Les fesses de Claire avaient pris sous la rafale une belle teinte pourpre. Thierry éprouvait à voir se colorer les cuisses de Claire une jouissance qui, pour être mentale, n'en était pas moins aussi intense et forte que lorsqu'il s'enfonçait dans sa gorge et que ses lèvres se refermaient autour de son pénis ou quand il investissait son vagin ou son cul. Chaque claque résonnait en lui comme un coup de reins qu'il lui aurait administré. Chacun de ses gémissements transperçait sa verge d'une secousse électrique. Seul le fessier rouge écarlate de Claire emplissait, spectacle fascinant, tout son champ de vision. Il assena, enfin, une dernière claque, lourde, violente qui retomba sur les deux fesses en même temps et qui arracha un hurlement à Claire. Puis la main douce et câline de Thierry suivie de la sensation, dans son entrecuisse, d'un index qui caressait son clitoris la fit se cambrer et s'ouvrir. Claire se sentit délicieusement fouillée… C'en était trop… Après la virulence de la fessée, elle n'était pas en mesure de résister à une telle douceur. Un cri, une secousse… une jouissance totale l'emporta…

Sans lui laisser le temps de reprendre ses esprits, Thierry lui intima l'ordre de se redresser et se leva à son tour.

— Nous allons maintenant passer à la suite du programme, lui dit Thierry. Tu te souviens de quoi il s'agit.

— Oui, murmura-t-elle la gorge nouée. La ceinture…

— Exact. Tu te sens prête ?

— Oui, Maître.

— Bien. Dégrafe-la et donne-la-moi. Après tu t'accouderas, jambes bien écartées au dossier de la chaise.

Claire eut un bref mouvement de recul, elle avait si mal aux fesses déjà et il lui semblait impossible d'en supporter davantage. Pourtant, encore sous le coup de la jouissance qu'elle venait d'éprouver, elle s'exécuta, le cœur lourd d'angoisse. Les doigts tremblants, elle défit la boucle de la ceinture et la fit glisser autour de la taille de Thierry avant de la lui tendre, chavirée d'appréhension. Puis, comme il le lui avait demandé, elle s'accouda à la chaise. Thierry ressentit un bref sentiment scrupule à la vue de la croupe écarlate. Il hésita un moment puis, par désir profond de pouvoir aller au terme de cette séance (pour rien au monde il n'aurait voulu renoncer à lui appliquer la canne), il se dirigea vers la cuisine d'où il revint quelques instants après, tenant à la main un bol rempli de glaçons.

— Je vais un peu te rafraîchir le popotin, lança-t-il malicieux. Tu verras, tu te sentiras beaucoup mieux ensuite et prête à continuer.

Délicatement, il badigeonna de glace le postérieur endolori. Claire se raidit au contact froid, mais ressentit immédiatement un bien–être certain. La brûlure de ses fesses s'estompait, disparaissait presque. Elle eut pour Thierry un regard reconnaissant.

— Bien. Après tu diras que je ne m'occupe pas bien de ma chienne, lui souffla Thierry tout en déposant au creux de sa nuque un baiser léger qui la fit frémir d'aise. Ça va mieux ?

Puis sans attendre sa réponse, il se saisit de la lourde ceinture dont il enroula une extrémité autour de sa main, la boucle bien ancrée au creux de sa paume. Il la fit lentement glisser le long de la colonne vertébrale de la jeune femme jusqu'à ses cuisses. A la sensation du cuir froid qui dans un instant aller les marbrer, elle émit un bref jappement et se raidit. Mais elle ne bougea pas.

— Tu vas recevoir dix lacérations. Cela sera suffisant pour aujourd'hui. Prête ?

— Oui, Maître.

— Alors, c'est parti !

Un premier coup donné avec une très grande modération s'abattit au creux des reins de Claire qui s'agrippa au dossier de la chaise. Sous la tension qu'elle leur imposait, la jointure de ses doigts blanchit. Le second coup porté avec plus de vigueur retomba dans un claquement sec sur le haut de ses cuisses endolories par la fessée qu'elle venait de subir. Elle entendit Thierry tourner autour d'elle comme s'il cherchait le meilleur angle d'impact. La lanière la fustigea une nouvelle fois, violemment, et finit sa course entre ses nymphes, cinglant douloureusement au passage la chair sensible de son anus découvert. Elle cria sous la douleur cuisante et son corps se crispa, mais elle resta immobile. Les flagellations suivantes furent graduellement de plus en plus fortes et lacérèrent son dos. Claire gémissait maintenant sans discontinuer et elle se mordait désespérément les lèvres pour ne pas hurler. Arrivé au neuvième coup Thierry prit son temps et passa plusieurs fois la ceinture le long des cuisses, éprouvant un plaisir pervers à voir le corps de Claire frémir et se tendre d'appréhension au contact du cuir. Il entendait son souffle précipité, ses petits geignements d'animal blessé pris au piège de ses désirs. Loin d'éteindre son ardeur, cela l'incitait au contraire à faire durer l'attente. Il aimait tellement la voir ainsi aux aguets, le corps à la fois rétif et docile. Il prit son élan, ajusta sa trajectoire et appliqua avec une extrême rigueur les deux derniers coups sur les fesses de Claire. Il la vit s'arquer, tête rejetée en arrière, bouche ouverte comme si soudain l'oxygène lui faisait défaut. Thierry ressentit une brutale envie de la coucher sur le sol et la prendre ainsi, chavirante de douleur.

Un moment, elle resta immobile, tétanisée par ce qu'elle venait d'endurer. Jamais encore Thierry ne lui avait fait subir une telle épreuve. Pourtant, malgré sa souffrance, elle éprouvait, au creux de son diaphragme, ce fourmillement qui était pour elle le signe incontestable de son désir. Thierry toujours derrière elle, l'observa en silence, admirant les belles marques bien visibles, de la largeur de la ceinture, qui zébraient maintenant les fesses de Claire. Tendrement, presque avec dévotion, il caressa les stries puis y posa ses lèvres sentant sous ses doigts les légères boursouflures laissées par la flagellation. Puis il aida Claire à se relever et l'embrassa à peine bouche avant de la guider, chancelante, vers le canapé. Tout en marchant précautionneusement, elle ne put s'empêcher de passer ses mains sur ses fesses comme pour apaiser la morsure brûlante de la ceinture.

— Je te sers un jus de fruits ? demanda Thierry.

Avec prudence, Claire, tout en acquiesçant d'un signe de tête incapable de formuler le moindre mot, s'assit du bout des cuisses au bord du divan pourtant confortable. Ses fesses lui semblaient être en feu. Une douleur lancinante vrillait jusque dans ses reins et remontait le long de son dos. Un moment, elle eut la tentation de demander à Thierry d'arrêter là la séance. Mais elle se retint. Par crainte de le décevoir bien sûr, mais aussi et surtout, elle devait bien en convenir, la perspective d'aller encore plus loin dans ces sensations, l'attirait irrésistiblement.

En silence, ils burent leur verre de jus d'orange, s'observant à la dérobée. Puis Thierry reprit en se levant du canapé :

— Tu sais que la séance n'est pas finie.

— Je sais oui, lui répondit Claire d'une petite voix en jetant un regard éploré vers la tige de bois. Tu m'as dit que je devais aussi recevoir la canne.

— Oui, dit Thierry tout en se saisissant de cette dernière qu'il manipula dans les airs dans un chuintement qui donna la chair de poule à Claire.

Elle ressentit une nausée soudaine à l'idée que dans un instant cette tige allait s'abattre sur elle. Son sifflement menaçant lui laissait deviner combien sa morsure devait être cuisante.

— Comme c'est la première fois, une série de cinq coups suffira. Par la suite, nous augmenterons, en fonction de ta résistance, les doses. Tu es d'accord ?

— Oui, Maître, arriva à murmurer Claire d'une voix chevrotante.

— Tu veux peut-être que je te rafraîchisse un peu les fesses avant ?

D'un mouvement de tête, elle rejeta l'offre.

— Non, ça ira, dit-elle, ce n'est pas la peine.

— C'est comme tu veux ! Mais avant de commencer et comme, jusqu'à présent, tu t'es bien comportée, tu as droit de te régaler de ta sucette préférée. Viens la chercher… À quatre pattes bien sûr, ma chienne !

Subjuguée, Claire s'avança ainsi qu'exigé vers Thierry qui déjà avait dégrafé son pantalon et tendait vers sa bouche avide sa queue raidie par une forte érection. Avec délectation, elle engloutit entre ses lèvres le pénis et se mit à le lécher avec gourmandise. Thierry avait raison, elle adorait le sucer. De longues minutes, elle fit coulisser sa bouche sur le membre turgescent qui, sous l'effet conjugué de ses lèvres et de sa langue, grossissait de plus en plus prêt à juter dans sa gorge. Debout, au-dessus d'elle, Thierry observait la tête de Claire qui allait et venait. Ses mains agrippèrent ses cheveux afin d'amplifier le va-et-vient. Claire, songea-t-il était vraiment la reine des suceuses ! Elle faisait partie de ces rares femmes qui pouvaient jouir d'une bite dans leur bouche comme si celle-ci était directement connectée à son vagin. De son côté, Claire anticipait déjà le plaisir de boire le suave liquide chaud et onctueux qui allait jaillir, mais, d'un mouvement brusque, Thierry se retira. Pas question pour lui de jouir déjà…

— Cela suffit pour le moment ! Va t'allonger sur le canapé…, reprit Thierry tout en se rajustant. Sur le ventre… Voilà, comme cela, ton visage entre tes bras. Tourne la tête vers la droite, je veux regarder tes yeux… Parfait… Écarte un peu les jambes… Bien. Détends-toi. Tu vas voir ce n'est pas si terrible…

Docilement, le cœur tambourinant à un rythme effréné au fond de sa poitrine, Claire prit la position exigée par Thierry. Mais elle se sentait incapable de se détendre. Tous ses muscles lui semblaient tétanisés, tendus comme prêts à se déchirer. Un ensemble détonant de sensations contradictoires l'habitait. De la peur bien sûr. Peur d'avoir trop mal, peur de ne pas être capable de supporter cette nouvelle épreuve. Peur de décevoir Thierry. Mais aussi de la curiosité. Comment résister à ce monde insoupçonné que, au fil de leurs rencontres, lui découvrait Thierry qui l'entraînait chaque fois plus loin dans la reconnaissance d'elle-même ? Et par-dessus tout, il y avait le désir intense, abrupt, irrépressible qui faisait contracter son sexe d'impatience.

— Je vais commencer. Tu es prête ?

Claire respira profondément comme on le fait pour emplir ses poumons avant une plongée en apnée, et d'un bref clignement des yeux elle acquiesça. Thierry se recula d'un pas, leva le bras et laissa retomber dans un sifflement menaçant la baguette de bois. Comme pour la fessée et la ceinture, il retint la force de ce premier impact. Inutile, pensait-il de l'effaroucher au risque de la voir se rétracter et se refuser. Malgré tout, la canne dessina en travers des fesses de Claire une fine striure rouge. Claire émit un soupir, mais ne remua pas.

— Et d'un. Tu vois ce n'est pas si terrible... Le prochain coup va être un peu plus fort. Prête ?

Claire se tendit sous le choc foudroyant qui incendia brutalement ses fesses, mais demeura stoïque. La douleur était cinglante, violente et pourtant loin d'être, ainsi qu'elle l'avait craint, insupportable. À l'opposé de la sensation souple et diffuse qu'elle ressentait quand Thierry la fessait ou le flagellait au martinet, la souffrance occasionnée par la canne était sèche, fulgurante, précise, parfaitement localisée. Cela provoquait une douleur mordante qui éclatait sur ses fesses en mille aiguilles de feu. Déjà, Thierry se préparait à lui infliger une troisième fustigation qu'il porta avec plus de vigueur que les deux précédentes. Claire exhala un soupir plus profond, mais elle ne chercha pas à s'en protéger. Au contraire, sembla-t-il à Thierry, elle tendit imperceptiblement ses cuisses comme si son corps appelait la morsure de la canne. Il jeta un regard au visage de Claire baigné de larmes et fut surpris par l'éclat de ses yeux où brillait une flamme extatique. Sans plus se retenir, il assena avec une vigueur extrême les deux derniers coups sur les fesses de Claire. Un cri sauvage s'échappa de sa gorge alors que la tige en bois lacérait férocement sa croupe et y traçait deux profondes marques transversales qui prirent immédiatement un ton violacé. Claire, ivre de douleur, sanglotait maintenant éperdument. Elle n'osait pas bouger. Incapable de réagir. Il lui semblait que tout son corps se résumait à cette partie que Thierry venait de martyriser. C'est ça elle n'était plus qu'un cul qui pulsait d'une douleur vivace.

Thierry se recula et examina attentivement le résultat qu'il trouva magnifique. Comme il l'escomptait, cinq superbes zébrures marquaient maintenant les fesses de Claire et se superposaient aux traces laissées par la ceinture. Longtemps, il contempla Claire, affalée sans force sur le canapé, se repaissant de la vision de son corps qui frémissait de spasmes incontrôlables. Ce corps qui lui appartenait et qu'il allait dans un moment posséder et investir. Qu'il allait aimer !

Avec une tendresse et une douceur infinie, il l'aida à se redresser et, la soutenant, la fit se diriger vers sa chambre.

— Regarde, dit-il en la disposant devant le grand miroir qui recouvrait tout un pan de mur, regarde... comme tu es belle.

Incrédule, elle observa ses fesses uniformément rouges du bas des cuisses au haut des reins et striées de zébrures les unes larges tracées par la ceinture, d'autres, plus fines et nettement plus accentuées et boursouflées, qu'avait dessiné la canne. Elle se sentit horrifiée. Comment avait-elle pu se laisser faire cela ? Et pourtant, elle ne pouvait lâcher des yeux ces marques témoins incontestables de son abandon et de sa soumission. Oui, Thierry avait raison, elle était belle ainsi parée de ces ornements sauvages. Un sentiment d'allégresse et de fierté l'emplit peu à peu. D'avoir été capable d'endurer cette épreuve, de ne pas avoir déçu Thierry. D'avoir réussi à franchir une nouvelle frontière. La douleur était si peu face à cela ! D'un mouvement instinctif, elle se jeta contre le torse de Thierry qui referma ses bras sur elle et la fit se coucher sur le lit...

Secrets interdits

Monsieur,

Je vous écris cette lettre que sans doute je ne vous enverrai jamais. Mais qu'importe !

Les mots se pressent, s'agitent, exigent d'être dits, au moins une fois, haut et fort. Ineffable supplice, à chaque jour recommencé, que vous m'infligez en m'obligeant à me taire alors que mes paroles, de toute leur force, réclament se libérer de ce carcan que vous leur imposez.

Alors je vous écris... Je m'écris.

Hier soir, quand nous nous sommes quittés, un moment j'ai eu la tentation de vous retenir, me jeter à vos genoux et laisser jaillir hors de moi, enfin délivrés, ces mots qui m'oppressent et qui voudraient voler vers vous, Mon Maître. Mais ai-je le droit de dire « Mon » ? Si je suis vôtre, si la plus infime parcelle de mon être est à vous, êtes-vous mien ? Pardonnez-moi cette outrecuidance de langage qui n'a d'autre excuse que l'amour que je vous porte. Vous êtes « Le Maître ». Vous êtes « Monsieur ». C'est ainsi qu'il convient que je vous nomme. Même si, en ces rares moments où vous laissez poindre votre tendresse et me prenez dans vos bras en me murmurant des mots d'apaisement, récompense ultime pour moi après l'épreuve, vous m'autorisez parfois à vous appeler « Dom ». Abréviation de votre prénom, bien sûr, mais qui traduit si bien, magie des syllabes, celui que vous êtes pour moi. Le DOMinateur de chaque minute de ma vie.

Je vous ai regardé un moment, me permettant, pour une fois, de lever les yeux vers vous malgré votre interdiction formelle et je me suis demandé, durant un fugitif instant, pourquoi je vous désirais si fort. Question stupide qui n'a aucune réponse que cette sensation brûlante qui m'envahit quand vous vous approchez de moi et me donne l'impression que mon sexe s'embrase et que ma volonté s'annihile dans la vôtre.

J'ai osé vous regarder...

Vous étiez sur le pas de la porte, me communiquant vos dernières instructions. Si droit, si fier. Si beau dans votre dédain. Dans vos yeux brillait toujours la flamme sauvage qui s'y était allumée alors que je m'abîmais, l'esprit en déroute et le corps affolé de sensations, dans la jouissance suprême. Des gouttelettes de sueur perlaient à votre front, témoin des efforts que vous aviez déployés pour me faire vibrer. Dans ma bouche, j'avais encore le goût suave de votre sperme dont vous l'aviez inondé. Vous aviez encore entre vos mains la cravache, qu'il y a un instant à peine, vous aviez abattue, avec la tendre brutalité qui vous est propre, sur mon dos que j'offrais avec délice à ce supplice ensorcelant. Coup de poignard qui me transperce le ventre au souvenir de la brûlure des flagellations dont vous avez daigné m'honorer qui ont lacéré mon corps consentant et frémissant et y ont tracé le labyrinthe pourpre de nos désirs emmêlés.

Signes tangibles et irréfutables de votre amour pour moi qui m'accordent le droit de vous donner, au travers de mes cris et de mes larmes, l'infinie fierté de me faire jouir sans limites. Vous me frappez et mon corps exulte. La souffrance n'est rien. La souffrance est tout. Elle n'est nulle part et partout. Elle est un pont qui nous permet de nous rejoindre. Elle est source de joie et de félicité. Mes gémissements sont des plaintes de jouissance. Mes cris, des cris d'amour. Mes larmes sont la rivière à laquelle s'abreuve notre union. Mystérieuse alchimie où la douleur donnée et reçue devient bonheur. Où l'humiliation, ressentie et infligée, se transmue en passion.

Mon cœur s'est mis à battre. Si fort que j'ai eu l'impression qu'il résonnait dans toute la pièce. Le désir que je croyais apaisé et repu a de nouveau rejailli avec une violence qui m'a fait tituber. Oui, j'aurais voulu oser me jeter à vos pieds et, bravant votre colère de me voir agir avec si peu de dignité, vous supplier de ne pas me laisser ! Je me sens si incomplète quand vous n'êtes pas à mes côtés, dirigeant chacun de mes gestes. Chacune de mes pensées. Chef d'orchestre de mon désir et de mes plaisirs.

Avez-vous pressenti mon trouble et l'imminence de mon aveu ? Sans doute. Vous vous êtes brusquement détourné et êtes parti rapidement. Avez-vous craint que je lise dans vos yeux le même aveu qui pour vous, pour moi, serait signe de faiblesse ? Ce que je ne saurais vous pardonner. Nous naviguons dans les non-dits. Le non formulé. Vous êtes le Maître, je suis votre soumise. Je vous dois obéissance. Vous me devez autorité. Je vous veux fort et puissant. Vous me voulez docile et désarmé.

Nous sommes amants, mais cela ne sera jamais dit.

Maintenant, je suis seule. Mon corps me fait mal du vide qu'il ressent de votre absence. Je ne sais quand je vous reverrai. Jamais vous ne me le dites à l'avance. Il suffit que je sois disponible au moment décidé par vous. Je vais devoir demeurer ainsi, un jour, trois jours, une semaine… je ne sais pas, l'esprit empli de fièvre et d'impatience. Un jour, j'en suis sûre, seule dans ma chambre je mourrai de désir. Et vous me retrouverez allongée à même le carrelage froid, mes bras et mes jambes en croix en une ultime offrande.

À peine aviez-vous franchi le seuil de l'appartement, que je me suis trouvé en état de manque. Parfois, je me dis qu'il serait plus sage de vous oublier pendant vos absences. Mais je ne peux m'y résoudre. J'en suis de toute façon incapable. À chaque instant, vous occupez mes pensées.

Je me suis mise nue et me suis plantée devant le grand miroir qui orne, à l'opposé du lit, tout un mur de ma chambre. Ce miroir face auquel vous me placez pour que je puisse jouir du spectacle de ma soumission. Tableau jubilatoire s'il en est. J'aime tellement me voir enchaînée à vos pieds. J'aime tellement voir votre bras couronné d'un martinet ou d'une badine de bois souple se lever et retomber sur moi et allumer des gerbes de feu sur mon dos, mes seins, mes cuisses. Plus encore, j'aime vous voir écarter mes fesses et enfoncer dans mon cul, en un va-et-vient impérieux, votre sexe tout puissant source de mes jouissances les plus folles.

Lentement, j'ai fait glisser mes doigts sur les lacérations qui marquent mon corps. Traces pourpres que vous y avez déposées en cadeau. Demain, leur teinte aura changé, deviendra mauve, violette. Au fil des jours, elles se nuanceront de vert puis de jaune pâle avant de peu à peu disparaître. J'en aurai le regret. J'aime tellement ces zébrures qui me rapprochent de vous et que je porte, avec orgueil, comme un trophée. Butin précieux entre tous que je protège et chéris. Une victoire sur moi. Sur les autres, les bien-pensants qui disent que je suis folle, moi la femme indépendante et fière, de me laisser traiter ainsi. De m'avilir et me complaire dans cette obéissance totale et sans failles qui me fait hurler de plaisir alors que mon corps se tord de douleur ! Que cela n'est pas digne d'une « femme moderne » ! Mais que savent-ils de ce qui nous réunit ? De ce lien si fort et indestructible qui nous unit chaque fois davantage. Comment pourraient-ils comprendre que je ne me sens jamais aussi libre que lorsque je me livre à vous, entièrement, corps et âme confondus ? Il ne voit que violence là où il n'y a qu'amour. Un amour absolu qui ignore ou plutôt enfreint et transgresse toutes les règles. Alors que m'importe le qu'en-dira-t-on ? Je les renvoie tous à leur petitesse confortable (je n'ai que faire du confort), car je sais que jamais ils ne connaîtront l'ivresse que procure le don total de soi, l'abandon, à l'homme qui m'est le bien le plus précieux. Je vous aime. J'ose ce soir le dire dans le secret de ma chambre.

J'ai lu quelque part que pour être soumise il fallait, fondamentalement, être indisciplinée. Je suis rebelle et me refuse à accepter et à me fondre dans les codes établis. Je suis à moi en étant à vous. C'est cela ma vérité. Et qu'importe si elle dérange ! Vous m'avez fait découvrir et devenir qui j'étais réellement en m'obligeant à me plier à toutes vos exigences.

Je me revois, un soir, agenouillée au milieu du salon, mes mains que j'avais maladroitement entravées de menottes, croisées dans mon dos. Je vous attendais seulement revêtue d'un corset en dentelle mauve, les jambes gainées de fins bas en soie. Devant moi, j'avais disposé des cordes épaisses et rugueuses ainsi qu'un martinet aux longues lanières de cuir souple. Des pinces qu'une chaîne reliait au lourd collier d'acier clouté dont j'avais ceint mon cou, mordaient cruellement la chair tendre de mes tétons. Les minutes s'égrenaient, interminables. Combien de temps suis-je resté ainsi, les genoux et le dos douloureux de l'immobilité que je m'imposais ? Mon regard, sans cesse, allait de la porte où, d'un instant à l'autre, vous alliez apparaître, à ces cordes que vous alliez lier autour de mes seins et serrer comme su vous vouliez les faire éclater tels des fruits trop mûrs. J'étais impatience bien sûr de votre arrivée. Sentir enfin vos mains, si dures, mais si tendres aussi, se poser sur moi. Sentir vos yeux m'observer et me jauger sans indulgence. Déjà, j'anticipais la flagellation ardente des lanières du martinet lorsqu'elles allaient, impitoyablement, s'enrouler autour de mon torse. L'impatience me tordait le ventre. Mais combien j'ai aimé cette attente, cette lente montée, inexorable, du désir ! Cette crainte diffuse de ne pas être à la hauteur de votre volonté. Vous alliez venir. Vous alliez m'attacher. Me faire plier. Me fouetter. Me contraindre à vous supplier de cesser vos tourments. M'humilier par des mots d'infamies. Mon corps frémissait et je sentais mon sexe palpiter en pulsations douloureuses à force d'intensité. Et je prenais toute la mesure de votre ascendant sur moi.

Je me souviens aussi de cette première véritable épreuve à laquelle vous m'aviez soumise un sombre et froid après-midi d'hiver. Vous m'aviez donné rendez-vous à la terrasse d'un café place Castellane. Vous aviez exigé que je ne porte pour tout vêtement sous mon long manteau, qu'un corset, des bas, de hauts escarpins. « Rien d'autre », m'aviez-vous stipulé. Je vous avais obéi, sidérée de ma docilité, mais avais néanmoins, bravant votre ordre, enfilé, juste avant de partir, un slip. Cela faisait si peu de temps que nous nous connaissions ! Trois mois à peine ! Je n'étais pas encore devenue celle que je suis aujourd'hui, celle que j'ai toujours été, mais que je reniais alors. Lorsque je suis arrivée, avec quelques minutes de retard, vous étiez déjà là. Vous m'avez regardé en silence, sans sourire. Votre visage était tendu. Des émotions contradictoires semblaient vous habiter. Nous avons rapidement bu un verre. Puis vous m'avez entraînée à votre suite hors du bar. Je vous ai suivi sans un mot, déjà domptée.

D'une bourrade, vous m'avez poussée au fond d'une impasse obscure et malodorante. Votre main impatiente s'est glissée sous mon manteau et a fourragé sous mon vêtement afin de vérifier si j'avais bien obéi à vos instructions. Vous n'avez rien dit en découvrant mon slip. Seuls vos doigts se sont faits soudain plus durs. Et votre regard plus froid. J'ai frissonné, étreinte d'une sourde appréhension. Si désolée de vous avoir déplu par cette impulsion que je regrettais maintenant. Qu'avais-je voulu prouver ? Vos doigts inquisiteurs se sont immiscés sous la dentelle fine du slip, écartant sans ménagement mes lèvres et se sont enfoncés violemment dans mon vagin d'où, malgré la peur d'être aperçue par un passant, coulait une liqueur abondante. Mon dos s'appuyait rudement contre le mur dont je sentais les aspérités transpercer le tissu de mon manteau et s'incruster dans ma chair. Un moment, j'ai cru que vous alliez me prendre ainsi, au vu de n'importe quel badaud en maraude. Déjà, en dépit de mes craintes, mes cuisses s'écartaient vous ouvrant le passage. J'étais affolée par la peur d'être découverte, haletante de désir, le corps en rut, mais vous vous êtes reculé.

Puis de nouveau, sans un mot, vous m'avez entraînée dans la rue. Vous marchiez à grandes enjambées et, juchée sur mes hauts talons, j'avais de la peine à soutenir votre rythme. À un moment, vous avez pris votre téléphone, mais le bruit de la circulation ne me permit pas d'entendre votre conversation.

Nous sommes enfin arrivés face à un immeuble à la façade décrépite. Il semblait être à l'abandon. Les volets à moitié arrachés fermés sur les fenêtres. Rapidement, j'ai gravi à votre suite cinq étages parcimonieusement éclairés qui nous ont menés devant une porte vermoulue. Des odeurs de moisissure flottaient dans l'air lourd de poussière. Mon cœur battait sourdement au fond de ma poitrine. Vous avez ouvert la porte et d'une brusque poussée dans le dos m'avait fait franchir le seuil. À peine ai-je eu le temps de jeter un œil hagard sur l'appartement sombre et sale, qu'un bandeau me plongea dans l'obscurité totale. Un froid glacial m'envahit et une peur viscérale me tordit le ventre. Mais déjà, une main brutale dégrafait rapidement mon manteau avant de le faire glisser le long de mes bras. Je l'entendis tomber en terre dans un doux chuintement. Un frisson me parcourut d'être ainsi dénudée dans cet appartement glacé et humide et je sentis ma peau se grêler de chair de poule. Sans me laisser le moindre répit, des doigts impatients effleurèrent mes hanches et baissèrent mon slip sur mes chevilles. Entravée et aveuglée, on me fit avancer trébuchante et transie de crainte et de froid à travers un long couloir avant de me faire tourner sur ma droite et pénétrer dans une pièce.

Une voix murmura alors, vaguement menaçante, à mon oreille « Tu vas voir ce qu'il en coûte quand on n'obéit pas à son Maître et qu'on ignore ce qu'est la ponctualité… ». Je tressaillis. Cette voix n'était pas la vôtre. J'eus un mouvement instinctif de recul, mais d'une brusque poussée on me jeta sans ménagement sur un matelas simplement posé à terre.

J'étais terrifiée. Glacée autant par la crainte que par l'atmosphère qui régnait dans la pièce non chauffée. Incapable de la moindre réaction. Je sentais mon cœur battre à tout rompre, mais je ne dis rien. Je ne fis rien non plus pour tenter de me défendre ou fuir. Sans plus de ménagement, on me fit lever les bras au-dessus de ma tête. Mes mains touchèrent des barreaux puis le froid du métal enveloppa chacun de mes poignets et j'entendis, se refermer autour d'eux, dans un claquement définitif, des menottes. Un nouveau tiraillement me fit gémir lorsque je fus ainsi entravée aux barreaux, m'empêchant toute possibilité de fuite. On encercla alors mes chevilles et on m'obligea à remonter haut mes jambes. Tout aussi brutalement, on m'écarta les cuisses, si largement qu'un moment j'eus l'impression que mes articulations allaient céder à l'instar de mon slip que j'entendis se déchirer. Que m'arrivait-il ? Qu'allait-on me faire ? Où étiez-vous ? J'étais attachée. Sans défense. L'esprit en déroute. À la merci de ces ombres qui se mouvaient autour de moi et me maintenaient dans une position dont je pressentais toute l'impudeur. Combien étaient-ils ? Qui étaient-ils ? Pourtant la peur m'avait quittée.

Mystérieusement, elle s'était dissoute laissant place à une intense jubilation. Je me voyais entravée, écartelée, ventre et seins offerts à des inconnus et cette image loin de m'effaroucher faisait palpiter mon sexe de désir. Je retins un cri de surprise quand une langue enveloppa mon clitoris gonflé et le titilla avec une habileté diabolique. Mes soupirs se firent plus profonds au fur et à mesure que je sentais une houle de plaisir déferler en moi en vagues de plus en plus fortes. J'aime tellement la sensation d'une bouche qui s'empare de mon vagin et boit à la source qui en coule. Caresse d'une ineffable douceur qui, vous le savez si bien maintenant, me fait fondre. Je haletais. Au bord de l'orgasme. Essayant de toutes mes forces de retenir l'orage qui grondait en moi prêt à tout emporter. J'accueillis comme une délivrance le sexe qui soudain s'introduisit sans ménagement dans ma bouche. Allant et venant d'un mouvement rapide et régulier jusqu'au fond de ma gorge. Mes seins à leur tour furent sollicités. Le droit par des lèvres avides qui se saisirent de mon téton dressé l'aspirant, le mordillant entre des dents bien resserrées, en une caresse d'une cruelle douceur, tandis qu'une main aux doigts sans pitié pinçait le gauche et l'étirait démesurément.

C'était trop, j'allais jouir. Je n'en pouvais plus de tous ces attouchements conjugués plus suaves les uns que les autres.

Votre voix alors s'éleva « Tous mes amis sont là. Pour toi. J'ai décidé cet après-midi de te livrer à eux afin qu'ils usent de toi à leur guise. Je te veux obéissante. Je te veux chienne…, avant d'ajouter ce qui amplifia mon angoisse, maintenant je m'en vais ! Tu sais ce que tu as à faire ! » Ces mots, terribles quand on y songe, hors d'éteindre mon désir au contraire l'exacerbèrent. J'avais oublié toutes mes précédentes craintes qui me semblaient soudain bien dérisoires face à ce que j'étais en train de vivre. De découvrir. Et loin de vous en tenir rigueur, je sentis mon cœur fondre d'amour pour vous. Puisque c'est ce que vous vouliez, je me donnerai sans réserve à vos amis. Pourtant je ne suis ni docile ni chienne. Simplement femme. Femelle qui appelle le mâle. À ce moment précis, alors que des inconnus me manipulaient comme un jouet, que leur langue me léchait, leurs mains me palpaient et me pinçaient, que leur pénis dur se frottait à mon corps désarmé, je suis devenue votre amante.

On me libéra les jambes et les poignets qu'on laissa toutefois entravés par les menottes dans mon dos et on me fit mettre à califourchon sur un homme qui, immédiatement pénétra mon vagin alors qu'un deuxième enfonçait sa bite au creux de mes reins. Première véritable douleur d'être ainsi pourfendue et que sa hampe de chair tendue s'empalait dans mon cul. Mais ma plainte fut stoppée par un troisième homme qui prit fermement mon visage entre ses paumes et le fit tourner vers lui avant d'engouffrer sa queue au fond de ma gorge. « Suce », m'ordonna-t-il. Mais ce n'était pas fini, un quatrième individu vint se positionner devant moi et saisissant mes seins entre ses mains y nicha sa verge et commença à se masturber entre. Exaltation d'être ainsi prise par tous mes orifices. De sentir leur pénis s'activer à l'unisson, me pilonner sans répit, me labourer avec frénésie et se frotter à ma chair en ébullition. D'entendre leurs halètements rauques faire écho à mes gémissements étouffés. Des ondes fulgurantes de plaisir me transperçaient. Bouillonnement des sens. Flux et reflux de la jouissance. Qui monte. Recule. Revient. Déborde. Étincelles. Feu d'artifice de sensations alors que les quatre hommes, comme obéissant à un ordre secret, giclaient ensemble dans mon vagin, dans mon cul, dans ma bouche, sur mes seins et m'inondaient de leur suc onctueux et délectable.

Brusquement, tout cessa. Je me retrouvai seule et vide. Allongée sur le matelas. Le corps pantelant et l'esprit en déroute. On défit le bandeau. Sous la lumière crue, je clignai des yeux. Autour de moi quatre hommes. Quatre inconnus qui me regardaient en souriant tout en se réajustant. Vous, vous étiez assis dans un coin de la pièce sordide, fumant une cigarette, impassible. Ainsi vous n'étiez pas parti ! J'en éprouvai du soulagement avant de ressentir une sourde colère envers vous. Pourquoi m'avoir infligé cette terreur supplémentaire d'avoir été abandonnée par vous ? Il me sembla alors que je vous découvrais pour la première fois. Une lueur de fierté brillait dans vos yeux et je compris que j'avais réussi cette épreuve nécessaire et que, désormais, pour nous, tout était possible. J'allais pouvoir commencer à vivre.

Le même soir, vous m'avez amené chez vous et nous avons fait l'amour comme deux amants « ordinaires », scellant par cet acte le pacte qui nous unissait dorénavant.

Cela fait de longues heures que j'écris cette confession qui n'en est pas une. Vous saviez tout cela, Monsieur, depuis bien longtemps. Je vais mettre cette lettre dans une enveloppe que je placerai bien en évidence sur la commode de ma chambre. Celle où il vous plaît de me voir m'accouder face au miroir qui la surplombe, quand vous me fessez ou me cravachez afin de ne rien perdre du spectacle de mon visage ravagé de douleur et de plaisir. J'ai pour principe de ne rien vous cacher de mes moindres faits et gestes. Vous seul déciderez de lire ou non cette missive que je vous dédie. Peut-être me demanderez-vous de vous la lire en même temps que vous me fesserez ? J'écris ces mots et je sens mon vagin couler et palpiter de désir…

Je Vous aime…. Je t'aime.
À Vous toujours

C.

Avant-scène

Elle est maintenant devant lui attachée nue à la poutre de bois du plafond. Les bras étirés haut au-dessus de sa tête. Les poignets étroitement liés par d'épaisses sangles. Il a également fixé entre ses chevilles une large barre qui l'oblige à garder ses jambes amplement ouvertes. Il se dit qu'à être ainsi tendue en équilibre précaire, ses pieds touchant à peine le sol, elle doit avoir mal aux épaules. De temps en temps, il voit son corps osciller d'avant en arrière. Il devine à la crispation de sa bouche toute la difficulté qu'elle a à ne pas s'avachir. À reprendre la posture exigée par lui. Un moment, un sentiment diffus de pitié le transperce à la faire souffrir de la sorte. À être si dur avec elle alors que tout le pousse à la tendresse. Un regret vite oublié. Elle est si belle dans son abandon la tête légèrement inclinée en avant, paupières baissées sur ses yeux qu'il soupçonne déjà voilés de désir. Il regarde ses seins étirés vers le haut qui palpitent au rythme de sa respiration haletante. Puis son regard effleure le sillon de son sexe ouvert où apparaît, à peine dissimulé par ses lèvres, le bourgeon de son clitoris.

Elle a peur, il le sait. Mais elle ne dira rien. Elle ne peut rien dire. Elle n'a plus assez de volonté en elle. Toute sa volonté, elle la lui a donnée quand elle a franchi le seuil de la chambre. Il en est maintenant le dépositaire.

Elle a peur. Et pourtant, elle est là. Silencieuse. Consentante.

Il s'avance vers elle qui tressaille à son approche. Comme une vague qui la parcourt de la tête aux pieds. De la main, il explore son ventre à la peau si douce. Tendrement. Avec une infinie délicatesse. Elle gémit doucement sous la caresse. Se tend imperceptiblement vers lui alors que son corps se détend. Un léger sourire sur ses lèvres.

Elle est si belle ainsi offerte. Elle est si désirable avec sa peur à peine apprivoisée. Son désir qui grandit.

Le calme avant la tempête.

Elle le sait.

La tendresse avant la violence.

Il sait qu'elle aime cela. Cette alternance qui la rend si faible. Elle frémit quand il englobe dans la paume de ses mains ses seins lourds. Il les soulève et les soupèse avant d'en pincer délicatement les mamelons qui immédiatement durcissent sous ses doigts et s'érigent fièrement. Un geste doux, mais annonciateur de la souffrance à venir.

Elle le sait.

Insensiblement, il affermit sa prise. Ses doigts se font étau. Il serre. De plus en plus fort. Il voit son visage se crisper et mordre ses lèvres. Sa respiration s'accélère. Mais elle ne dit rien. Le laisse faire ! Les yeux fermés, concentrée sur cette douleur qui irradie dans ses seins et se propage à la vitesse de la lumière le long de son ventre. Cette douleur qui allume un brasier au fond de son corps. De plus en plus fort. Il serre. Jusqu'à ce qu'enfin une plainte s'échappe de sa gorge crispée. Alors seulement, il relâche sa prise. Heureux de l'avoir entendue. Précipitamment, il pose sa bouche sur les mamelons qu'il vient de si durement malmener. Il les lèche tendrement. Les apaise à petits coups de langue humide. Son gémissement est devenu ronronnement. Il tête ses seins. Les aspire entre ses lèvres bien resserrées. Les mordille délicatement alors qu'une envie brutale d'y planter ses dents l'envahit. Douce torture qu'il lui inflige à la faire languir. Douce torture qu'il s'inflige à réfréner son désir de la mordre. Il sait l'émoi qu'il fait naître en elle. Il sait qu'elle pourrait, s'il continuait, jouir de la seule caresse de ses lèvres sur ses seins. Pas encore. Il ne le souhaite pas déjà. Il la veut ainsi à la crête du plaisir. Les sens exacerbés par l'attente. Il la veut suppliante. L'implorant de la délivrer de son désir. À se traîner à ses pieds pour enfin en être libérée. Il la veut chienne à ses ordres.

Il se recule. Il devine sa frustration. Mais elle ne dit rien, bien sûr. Juste un petit cri de dépit qui le ravit.

Il lui enjoint d'ouvrir les yeux. Dans son regard, un éclat de peur quand elle le voit saisir la lourde chaîne en croix terminée à chaque extrémité par quatre pinces dont ils connaissent tous deux la cruauté. Seul un soupir lui échappe. De résignation devant l'inévitable. Peut-être ? De crainte ? Sans doute. D'impatience ?

Sûrement. Tant de sensations mélangées. Elle-même ne sait plus très bien les différencier. De nouveau, il agrippe son téton entre son index et son pouce. Le droit pour commencer. « Regarde », lui ordonne-t-il en tirant sur le mamelon. Les yeux brillants d'appréhension, elle voit la pince aux mâchoires ouvertes s'approcher. Elle ne peut retenir un petit jappement quand le métal froid touche sa chair palpitante. Elle anticipe la douleur à venir. Cette douleur brûlante et brutale qui va lui tordre le ventre à lui donner envie de vomir. L'affolement l'envahit. Comme à chaque fois. Juste avant. Elle doit se forcer pour rester immobile. Ne pas crier son refus. Lui dire de simplement la câliner et l'aimer. Qu'elle a soif aussi de sa tendresse ! Qu'elle voudrait tellement être comme toutes ces femmes qui se contentent d'être caressées ! Mais jamais elle ne sera comme elles. C'est ainsi. Alors elle se tait. Et le laisse faire.

Sans plus attendre, il referme la pince sur le fragile téton. Un cri quand elle mord, impitoyable, la chair délicate. Le gauche ensuite. Sans lui octroyer le temps de reprendre son souffle. Un bref instant, il tient l'extrémité libre de la chaîne dans la paume de sa main. Hésite quelques secondes... Puis la lache brusquement. La chaîne étire brutalement les seins vers le bas et vient frapper le haut de ses cuisses. Un moment, elle se balance allongeant cruellement les tétons. La bouche légèrement entrouverte sur un cri retenu, elle gémit doucement. De douleur. De plaisir. Difficile à dire. Ces deux sensations ravagent de manière identique son visage.

Sur sa joue, deux larmes coulent.

Lentement, la chaîne se stabilise et s'immobilise. Il s'agenouille devant elle. Sa tête à la hauteur de son pubis d'où s'exhale une odeur musquée qui l'enivre. À leur tour, il ferme les pinces sur ses grandes lèvres. Elle ne dit plus rien. Le souffle en suspens. Attentive. Concentrée. Les yeux grands ouverts voilés d'un nuage de désir brut. Un regard d'animal traqué. D'animal aux aguets. Il se relève et, ses pupilles bleu azur plantés dans les siens, il commence à exercer une pression continue sur la chaîne. Il voit sa tête partir en arrière sous la douleur qui la ravage soudain. « Regarde-moi », lui ordonne-t-il. Et toujours, il tire. Ses yeux rivés aux siens qui chavirent. Elle ne voit plus que le bleu devenu métallique de son regard d'où toute douceur a disparu. Il regarde les tétons démesurément étirés qui pâlissent sous la pression des pinces qui les martyrisent. La couleur rouge-grenat des mamelons le fascine. Il accentue la tension. Toute tendresse à son égard l'a déserté. Il veut son cri. Son hurlement. Il veut sa reddition totale. Pas seulement ses larmes qu'elle ne peut plus retenir et qui mouillent ses joues livides. Il tire plus fort. Un geignement continu de bête blessée berce son oreille. Comme un chant de victoire. La plainte monte. S'amplifie. Prend son essor. Elle est si belle dans la douleur. Si belle dans l'abandon. Il sait le mot qu'elle a sur le bord des lèvres et que jamais encore elle n'a prononcé. Ce mot qui lui dirait de tout cesser immédiatement. Qu'il est allé trop loin ! Qu'elle ne peut pas le suivre ! Il se demande si un jour elle aura le courage de le prononcer. Si, un jour, il n'abusera pas de sa faiblesse à trouver en elle la force de lui dire d'arrêter et lui l'énergie de réfréner le plaisir qu'il éprouve à la regarder souffrir sous ses doigts. À entendre ses cris déchirants qui l'embrasent et le font jubiler.

Quand enfin, au bout de longues minutes, il relâche la tension, il voit son corps se détendre. Comme un arc qui aurait été tendu à se briser. Sa main glisse entre ses cuisses et y trouve la chaude moiteur attendue. Un nouveau cri sauvage, mais dans une autre gamme lorsque son doigt appuie sur son clitoris. Elle jouit sans retenue. Immédiatement. Donne libre cours aux sensations accumulées. Une jouissance formidable. Indécente. Impudique. Son corps s'arque sous le plaisir qu'il lui prodigue du bout de ses doigts agiles. Elle a oublié sa douleur. Elle a oublié la chaîne qui toujours lui distend les seins. Comme si tout son être s'était concentré autour de ses doigts qui la massent. Elle crie encore et encore. Lui dit qu'elle est à lui. Qu'il peut faire ce qu'il veut d'elle ! Qu'elle est sa chienne et que s'il le souhaite, elle se traînera à ses pieds qu'elle viendra lécher ! Avec dévotion. Qu'elle veut qu'il imprime dans sa chair sa marque ! Qu'il faut qu'il la fouette maintenant ! Qu'il l'encule ! Que son cul est large et ouvert pour lui ! Lui dit qu'elle veut sa bite dans sa bouche et s'en repaître à satiété. Qu'elle veut le boire ! Son sperme bien sûr, mais aussi, s'il le veut, son urine. Qu'il peut pisser sur elle, au fond de sa gorge ! Sur son visage… Sur son corps. Qu'elle ne peut rien lui refuser ! Qu'elle veut tout venant de lui ! Que rien n'est dégradant ! Rien n'est humiliant. Qu'elle est une salope ! Sa salope. Sa chienne. Sa pute. Qu'elle sera tout ce qu'il veut qu'elle soit !

Il adore tellement la voir ainsi. Hors d'elle-même. Sans plus aucune retenue. Prête à tout pour le satisfaire. Il aime l'entendre employer ces mots crus qui lorsqu'elle se souviendra les avoir prononcés lui feront venir le rouge aux joues. Elle est enfin comme il voulait qu'elle soit.

À Lui.

La ceinture

Un long moment elle est restée songeuse les yeux braqués sur les tourniquets du grand magasin qui les exposaient. Insouciante du brouhaha ambiant et de la foule des badauds qui la bousculait.

Pendant des heures, elle avait couru les boutiques en quête du cadeau idéal qu'elle voulait offrir à P. pour son anniversaire. Se désespérant d'enfin le trouver. Elle avait bien sûr commencé par aller dans ce sex-shop où ils avaient l'habitude de se rendre. Mais tout ce qu'elle y avait vu lui avait paru si convenu. Si conventionnel sous l'apparent non-conformisme que ces objets affichaient. Elle désirait quelque chose d'original susceptible de le surprendre. Quelque chose qui lui soit intime et en même temps qu'ils puissent partager. Quelque chose qui la lui rappelle à chaque instant. Quelque chose qui soit à elle tout en étant à lui. Et là soudain, il lui semblait avoir enfin découvert ce qu'elle recherchait. Un objet si classique pourtant, si courant, mais, s'en rendit-elle compte étonnée, qu'ils n'avaient encore jamais utilisé. Peut-être à cause de cette banalité qui maintenant en faisait, à ses yeux agrandis d'émotion, toute la rare valeur et l'investissait d'une charge sensuelle peu commune.

D'un doigt hésitant, elle fit pivoter le présentoir le plus proche et défiler les ceintures. Les unes très larges en cuir brillant et rigide, d'autres au contraire fines et flexibles. Les unes affublées d'épaisses boucles rutilantes qui la firent frissonner de crainte, d'autre de boucles plus discrètes. Certaines en cuir tressé. Laquelle choisir ? Elle alla indécise de tourniquet en tourniquet, caressant du bout des doigts les ceintures qui se déployaient, serpents tentateurs, devant ses yeux. À la recherche de l'objet rare qui comblerait ses souhaits. Ses désirs aussi. Comparant les largeurs, les formes, les couleurs, la souplesse.

Intransigeante sur la qualité du cuir qui se devait d'être d'une bonne facture. Enfin, son choix se porta sur une ceinture d'environ 3 cm de large taillée dans une peau souple d'une nuance fauve et ornée d'une discrète boucle dorée finement filigranée. Un moment, elle fit glisser entre ses doigts la mince lanière flexible, appréciant la douce texture du cuir, sa finesse. Oui, il n'y avait pas de doute ! C'était celle-ci et nulle autre qu'elle voulait pour eux.

Elle est maintenant devant lui. Elle lui tend avec un sourire radieux le paquet. Un peu anxieuse sur sa réaction. Elle le contemple ouvrir avec soin le cadeau qui y est enfermé. Prenant son temps. À son tour, il la regarde alors qu'il sort la ceinture de son emballage. Il lui sourit. Lui dit qu'il est heureux de son choix. Que c'était très exactement ce qu'il désirait pour *eux* ! Il a subtilement insisté sur le « *eux* » et elle a frémi tout aussi imperceptiblement. Il lui dit qu'il n'en attendait pas moins d'elle. La ceinture se balance entre eux, lien intangible qui les unit et les fait vibrer à l'unisson d'impatience.

Elle l'observe passer l'extrémité tranchée à vif du ceinturon dans la boucle métallique et insérer ses doigts dans l'anneau de cuir ainsi formé. Sans la lâcher des yeux, il laisse lentement glisser sa main restée libre tout au long de la lanière comme s'il voulait en apprécier la flexible rigidité. Elle le regarde faire en frissonnant d'émoi. Brusquement, son bras se détend en arrière et d'un rapide coup de poignet il fait siffler dans les airs la courroie de cuir. Elle sursaute soudain apeurée. Mais elle ne bouge pas. Seuls ses yeux se sont agrandis et brillent davantage. Au fond de son ventre se noue une boule d'appréhension. Puis il lui ordonne de se déshabiller. « C'est bien pour cela que tu m'as offert cette ceinture ? » lui demande-t-il comme saisi par un doute devant son regard embué de crainte. « Oui, bien sûr », lui répond-elle d'une petite voix. Alors il lui dit d'ôter d'abord son corsage qu'elle doit dégrafer lentement. Il veut l'admirer. Voir son corps se dévoiler progressivement. Voluptueusement. Surtout pas de précipitation. Il souhaite que ce soit elle qui s'abandonne. Il ne prendra jamais d'elle que ce qu'elle veut bien lui donner. Règle tacite entre eux qui seule, il le sait, lui permet de se capituler complètement face à sa loi d'homme. Il ne doit pas la brusquer. D'ailleurs, il n'en a nulle envie. Pas pour le moment du moins. Tout à l'heure oui, il pourra donner libre cours à sa violence amoureuse. Tout à l'heure, il la forcera, quoiqu'il lui en coûte, à livrer le meilleur d'elle-même. Tout à l'heure, il saura se montrer intransigeant et sourd à toute indulgence. Mais pas maintenant. Pas encore. Il lui dit d'enlever son soutien-gorge. Elle s'exécute sans un mot. Attentive à le satisfaire. Au fond de son ventre, une boule d'appréhension grossit et l'empêche de respirer normalement. Tout à coup, elle se demande si elle a vraiment eu une si bonne idée. Son regard ne peut quitter la ceinture qu'il continue toujours à faire nonchalamment balancer entre eux et qui lui paraît subitement menaçante. Effrayante. Un objet si anodin pourtant. Mais qui soudain est investi d'un pouvoir d'une rare intensité. Puis il lui ordonne de faire glisser sa jupe le long de ses cuisses fuselées. De ne conserver que ses bas. Un moment, les bras croisés dans son dos, elle reste devant lui. Son buste dénudé se souleva rapidement au rythme de son souffle devenu haletant. Des tressaillements parcourent en petites vagues incontrôlables son ventre et viennent mourir au creux de ses jambes qu'elle a légèrement entrouvertes afin qu'il puisse deviner le sillon bien dessiné de son pubis dépouillé de toute pilosité disgracieuse. Elle le laisse s'abreuver de la vision de son corps à la peau si fine et délicate... Encore intacte et vierge de toute trace. Parchemin où bientôt s'inscrira un nouveau chapitre de leur histoire. Les minutes s'éternisent. Comme en suspens entre deux états. Celui où elle est encore elle et celui où elle devient lui... Le prolongement de ses désirs. Et où elle n'a plus d'autre volonté que celle de se soumettre. Instant magique à chaque fois recommencé qui la fait trembler d'impatience et de crainte.

Alors seulement, il s'approche d'elle. L'effleure d'une main légère. L'attire contre lui et dépose un doux baiser au creux de son cou. Contre son ventre, elle sent la pression de la ceinture. Elle songe en frissonnant que dans un instant le cuir encore froid et rigide va se réchauffer et s'assouplir à la chaleur de sa chair.

Comme il le lui a demandé, elle s'est allongée à plat ventre sur le lit, le nez enfoui dans les oreillers et elle attend. Crispée d'angoisse. Elle a si peur. Mais elle sait que cette peur va disparaître. La ceinture repose enroulée sur son dos. Fardeau léger qui l'oppresse pourtant d'un poids énorme. Méticuleusement, il dispose à sa convenance son corps sur les draps blancs. Là encore, il prend son temps. Il la sent d'abord rétive puis se détendre et devenir docile sous la chaude étreinte de ses mains qui la pressent tendrement et lui insufflent le courage de ne pas renoncer. Il lui fait écarter les jambes. Largement. Son regard glisse entre ses cuisses grandes ouvertes, s'arrête sur son sexe luisant de désir malgré la crainte qui l'étreint tout entière. La prendre ainsi, maintenant, tout de suite. Un bref instant, il caresse cette idée qu'il rejette tout aussi vite. Ce n'est pas cela qu'elle attend de lui ! Il lui fait étendre les bras en croix. Les étire. Il la prépare avec soin. Elle est son œuvre et il la souhaite parfaite. Il la veut tout entière offerte. Son corps bien sûr, mais son esprit également et, plus que tout, son cœur d'amante. Elle se laisse faire, subjuguée. Ne pense plus à rien. Qu'à cette force que ses mains sur elle lui communiquent. Délicatement, il noue ses poignets et ses chevilles aux montants de la couche. Suffisamment serrés pour qu'elle ne puisse seule s'échapper, mais de telle sorte que la corde ne la blesse pas. Elle lui sait gré de cette attention. Elle est maintenant attachée en croix sur le grand lit blanc. Telle qu'il la voulait. Telle qu'elle le voulait. Corps soumis. Corps consentant. Corps frémissant. Si vulnérable dans sa nudité. Si fort !

Il la fouette. Très doucement d'abord. La ceinture de cuir effleure à peine son dos. Telle une caresse perverse. Malgré tout, il la voit se tendre quand la lanière la touche... S'immisce entre ses cuisses... Frôle l'entrée de son vagin, se mouille de sa moiteur et se parfume de la fragrance du musc qui sourd de son corps énamouré. Puis plus vigoureusement... Il accélère la cadence... La courroie retombe dans un sonore claquement de plus en plus durement sur son dos... Elle remue... Se trémousse... Son corps a pris feu sur le lit. Elle gémit... Implore... S'arc-boute désespérément sous ce déluge qui la fait flamber... et la comble... Demande grâce... Le supplie de cesser... De continuer... Encore plus fort... Encore plus vite... Elle ne s'appartient plus... Son corps s'embrase... Elle pleure... Voudrait que cette torture s'arrête... Que jamais elle ne cesse... En redemande... Et elle sourit.... Son visage enfoncé dans les oreillers, il ne peut apercevoir ses larmes, encore moins son sourire qu'il ne peut qu'imaginer. Il ne voit que les larges marques pourpres qui maintenant strient son dos et ses fesses et qu'elle arborera tel un trophée de victoire. Il ne voit que son corps qui se balance au rythme de ses lacérations déchaînées. Il n'entend que ses gémissements qui psalmodient un chant de bonheur et de douleur.

Longtemps, il la cingle jusqu'à ce que, épuisé, insoucieux de son dos à vif, il abatte sur elle son corps d'homme. Il s'enfonce en elle qui divague, l'esprit en feu, dans un maelstrom de souffrance et de ravissement. Il s'enfouit au tréfonds de son corps… Se repaît de la moiteur torride qui l'enveloppe. Il la prend tout entière… La fait sienne… Se l'approprie et se perd en elle… Devient elle comme elle est devenue lui… Unis par le même frénétique emballement des sens. La même euphorie charnelle. Le même désir de faire exulter les corps.

Demain, lorsqu'il portera la ceinture autour de sa taille, il pensera à elle… Demain, lorsqu'elle apercevra la ceinture autour de sa taille, elle s'émouvra…

Demain, ils recommenceront.

Demain,   ils   reprendront   leur   quête   sans   fin.

Le donjon

1. L'arrivée

Quand Laura franchit le seuil de ce qu'il était convenu d'appeler un Donjon, elle sentit son cœur se serrer d'une angoisse diffuse qui lui coupa un bref instant le souffle. Si souvent elle était allée dans des clubs libertins et s'était offerte sans gêne particulière et même, il fallait bien le reconnaître, avec délectation à de parfaits inconnus, c'était la première fois qu'elle s'aventurait dans un tel lieu. Elle essaya de se raisonner. Après tout, personne ne l'avait obligée à venir et encore moins ne la contraindrait à faire quoi que ce soit qu'elle ne désire pas. C'est en toute connaissance de cause et après en avoir longuement discuté entre eux qu'elle avait accepté d'accompagner Denis. Mais là soudain, elle sentait sa détermination flancher… Fantasmer sur une chose et la vivre réellement, il y a entre les deux un pas énorme qu'il est parfois difficile de franchir…

Denis parut ressentir l'appréhension de sa compagne. Il se colla dans son dos comme pour lui insuffler son énergie et lui souffla doucement dans le creux de l'oreille :

— Si tu préfères, on peut partir. C'est toi qui décides ma douce brune…

Laure tourna légèrement son visage et plongea ses yeux dans ceux de son Maître. Ce qu'elle y lut, mélange d'autorité et de tendresse, la raffermit dans sa décision. Non, vraiment elle ne pouvait pas reculer. Pour lui, comme pour elle, impossible de faire marche arrière, de ne pas affronter et surmonter ce nouveau défi. Aussi, elle lui répondit en souriant :

— Non, ça ira. On y va…

— Sûre ?

— Certaine, affirma-t-elle d'une voix qu'elle fit en sorte de rendre assurée.

— Tu n'es obligée à rien, tu le sais. Je veux dire qu'on peut simplement être spectateurs. Ne rien faire…

— Je sais… Mais ça m'étonnerait qu'on ne fasse rien…, lui rétorqua-t-elle avec dans les yeux cette lueur malicieuse, annonciatrice d'abandons à venir, qu'il connaissait bien, mais qui, à chaque fois qu'elle s'allumait, l'électrisait.

Laure était ainsi faite. À la fois pétrie d'incertitudes et de craintes, mais aussi de détermination et, surtout, d'une volonté farouche de se dépasser, et, si ce n'est les atteindre, au moins frôler ses limites, voulant savoir jusqu'où elle pourrait aller. C'est cette hardiesse qui leur ouvrait un éventail de possibilités quasi infinies et qu'il n'avait trouvée dans aucune autre femme avant elle, qui lui plaisait tant en Laure.

— D'accord alors on y va. Mais n'oublie pas le mot, lui rappela-t-il cependant.

— Oui, promis j'essayerai… Mais toi, surtout, ne l'oublie pas non plus… Tu sais bien que…..

Elle s'interrompit apeurée par la force du désir qu'elle sentait soudain gronder en elle à la seule évocation de ce qui pouvait arriver qui, comme son angoisse déjà passée, lui coupa le souffle tandis que son cœur se mettait à battre la chamade. Parfois, dans certains moments de jouissance extrême, toute volonté l'abandonnait. Elle partait très loin alors et s'envolait libre de toute contrainte dans le paradis des soumises, inaccessible à toute raison, à toute prudence. Seul son Maître, sourd à ses suppliques, avait le pouvoir de la ramener.

— Je n'oublierai pas, la rassura Denis. Allez, ma chienne. En avant…

Un moment, ils déambulèrent dans ce lieu étrange et mystérieux, parcimonieusement éclairé par quelques appliques judicieusement disposées sur les murs, dédié à des plaisirs inquiétants, mais oh ! combien troublants et envoûtants ! L'ambiance feutrée qui y régnait était baignée d'une discrète musique au rythme syncopé seulement troublée par des gémissements, le claquement sec de lanières qui frappaient la chair ou encore par des ordres brefs, mais sans ambiguïté lancés par une voix autoritaire.

Si Denis avait conservé son pantalon de lin noir ainsi que sa chemise tout aussi noire, Laure, en revanche, s'était défaite de ses vêtements. Elle était maintenant seulement revêtue d'une simple sangle de cuir rouge qui s'entremêlait en méandres savants autour de son corps aux formes pleines et épanouies et encerclait ses seins opulents les faisant s'ériger fièrement. Ses tétons ainsi que ses grandes lèvres étaient ornés d'anneaux auxquels Denis avait suspendu, comme il aimait le faire, des sphères de métal d'à peine 50 g chacune. Laure qui était habituée à beaucoup plus lourd (Denis n'avait-il pas accroché un jour à chacune des lèvres de son sexe des poids de 500 g qui les avaient impitoyablement distendues pendant d'interminables minutes) trouvait la charge légère certes, mais étonnamment présente. Denis avait enserré son cou d'un large collier de cuir clouté également rouge et il tenait fermement dans sa main droite la laisse qu'il y avait attachée. Ils allèrent ainsi d'une pièce à l'autre et avaient observé en silence les ébats qui s'y pratiquaient.

Ils restèrent un long moment fascinés par le spectacle d'une soumise que son Maître avait suspendue dans les airs par d'épaisses courroies solidement fixées au plafond. Son corps ballottait au rythme des coups de fouet dont il la cinglait durement sans qu'aucun cri échappe de ses lèvres resserrées. Un projecteur braqué sur la soumise l'enveloppait d'une lumière crue qui donnait à la scène un aspect irréel et, surtout, ne cachait rien des stries pourpres qui zébraient uniformément son dos et son ventre en un treillage de plus en plus serré. Plus loin, c'était un individu d'une cinquantaine d'années qui avait été disposé bras et tête emprisonnés dans un pilori en bois, les chevilles, largement écartées l'une de l'autre, immobilisées par des bracelets d'aciers reliés à des crochets scellés au sol. Alors que sa Maîtresse besognait durement son cul d'un god-ceinture, d'un diamètre épouvantablement épais, sembla-t-il à Laure, un homme avait enfoncé sa queue dans sa bouche maintenue grande ouverte par un mors et se branlait vigoureusement entre ses lèvres. À peine eût-il déchargé son foutre et s'était-il éloigné, que la Dominatrice d'un signe de tête marqua son accord pour qu'un autre vienne le remplacer. Laure frémit en voyant l'individu engouffrer son sexe déjà tendu par une belle érection entre les lèvres du soumis dégoulinantes du sperme de son précédent occupant. Celui-ci n'émit pourtant aucune manifestation de refus. Au contraire, il sembla à Laure qu'il amplifiait à dessein le balancement d'avant en arrière de son bassin comme s'il voulait que la Dominatrice qui le sodomisait plonge encore plus loin dans ses entrailles. Ailleurs, une autre soumise allongée pieds et mains liés sur une table gynécologique un double god enfoncé dans son cul et dans son vagin, voyait son corps se couvrir de cire chaude. Déjà, ses mamelons disparaissaient sous une couche épaisse de cire solidifiée. Un cri déchirant qui vrilla les oreilles de Laure, lui échappa quand son Maître entreprit de faire couler la cire brûlante entre ses nymphes et, qu'à son tour, le clitoris commença à s'effacer sous une gangue ardente. Plus loin encore, une soumise et un soumis, tous deux intégralement nus, étaient agenouillés à quatre pattes, face contre face reliés par un double god planté dans leur bouche, devant un canapé où s'étaient installé pour deviser, tout en sirotant un verre, un Dominateur et une Dominatrice. La soumise avait également un plug profondément enfoncé dans le cul. En s'approchant, Laure vit qu'il était raccordé par un fil à un boîtier que la Maîtresse tenait en main. Aux yeux exorbités de la jeune femme, Laure comprit que sa Maîtresse prenait un malin plaisir à actionner à intervalle régulier le god vibrant. Elle était ainsi maintenue dans un état d'excitation permanente, mais aussi dans l'impossibilité totale, quel que soit son désir, de jouir sauf à faire voler en l'air les verres et bouteilles que les deux convives avaient disposé sur son dos. Quant au soumis, une tige épaisse, dont l'extrémité extérieure servait de cendrier au Maître, était enfoncée entre ses fesses.

Laure était à la fois horrifiée et subjuguée par le spectacle qui s'offrait à elle qui était bien tel qu'elle l'avait imaginé dans ses fantasmes, mais dont la réalité brutale l'agressait plus qu'elle n'aurait pensé. Elle aurait voulu pouvoir échapper à ces visions tout aussi choquantes que captivantes. Mais, malgré son trouble, une excitation sans ambiguïté prenait lentement possession d'elle. Non, songea-t-elle, non jamais elle ne pourrait supporter cela. S'exhiber de la sorte. Être traitée de cette manière dégradante. Subir sous le regard impassible des Maîtres et Maîtresses présents une telle humiliation. Non jamais ! Denis sentit, la tension qui l'habitait soudain. Tendrement, il l'entraîna en direction du bar où il la fit s'asseoir sur un pouf avant de prendre place lui dans un profond fauteuil. Un moment, ils gardèrent le silence.

— Ça va ? finit par lui demander Denis.

— Oui… ça va… lui répondit-elle d'une voix dont elle ne put malgré tous ses efforts réprimer le tremblement.

— Tu veux boire quelque chose ?

— Oui, je veux bien… Un petit whisky ne serait pas superflu.

— C'est vrai.

D'un geste, il fit signe à un serveur qui leur servit prestement les verres réclamés.

— Alors on continue ? reprit Denis d'un ton doux.

— Et bien…

Laure eut un moment d'hésitation et s'interrompit faisant tourner entre ses mains tremblantes son verre qu'elle fixa d'un regard absent. Une part d'elle-même lui disait qu'il aurait mieux valu qu'ils partent, mais une autre, et non la moindre, lui signifiait au contraire que oui ! elle avait aimé cela et qu'il était hors de question qu'ils s'arrêtent là, juste au seuil. Denis comprit le sens son hésitation, il la connaissait si bien et savait si bien jouer sur les ressorts qui la ferait réagir ! Aussi, sans préambule, il lui assena d'une voix soudain dure et froide d'où toute tendresse avait disparu :

— J'espère que tu ne vas pas me décevoir sale chienne…

— Non, bien sûr, mon Maître… mais… j…, lui répondit Laure tout en lui jetant un regard éploré.

— Mais tu ne t'en sens pas capable…, la coupa-t-il brutalement. C'est ça ? Tu me déçois beaucoup…

— Non… ce n'est pas ça mon Maître… tu sais bien. Mais… c'est… tellement…

— Tu trouves ça dégradant ? Pas digne de toi ? Tu te prends pour quoi ?

— Maître, je vous en prie…, lança-t-elle d'une voix suppliante adoptant instinctivement le vouvoiement de soumission.

— Tu me pries de quoi… de te dire que tu n'es qu'une sale chienne désobéissante incapable de satisfaire son Maître ? lui rétorqua-t-il.

— Non… je… ce n'est pas ce qu…

— C'est quoi alors… tu as peur ?

— Non…

— Alors quoi ?

— Je ne sais pas… Je… ne peux pas…

— Écarte tes cuisses, lui ordonna-t-il brutalement, que je me rende compte de ton état.

De nouveau, Laure le regarda suppliante, les joues rougies d'émotions contradictoires.

— Écarte j'ai dit, réitéra-t-il d'un ton sans réplique.

Subjuguée, Laure éloigna docilement ses jambes et laissa son Maître tâter sans ménagement son entre-jambes.

— C'est bien ce que je pensais... tu coules comme une chienne en chaleur, souffla-t-il méprisant... et tu as l'audace de jouer les mijaurées.

— Mon Maître, comprenez-moi... Tout cela est tellement choquant...

— Ose me dire que ce que tu viens de voir ne t'a pas excitée !

— C'est pas ça... c'est seulement que j'ai besoin de temps... tenta-t-elle de se justifier

— Avoue que ça t'a excitée ? la coupa-t-il. Je veux te l'entendre dire

— Oui, mon Maître, ça m'a plu bien sûr... Vous le savez bien...

— Oui, je sais que tu n'es qu'une chienne en chaleur qui a envie d'être prise.

— Oui, mon Maître, j'ai envie oui, finit par confesser Laure dans un soupir, accablée devant l'évidence de son désir.

— Tu as envie de quoi exactement ? Je veux que tu me le dises !

— Que vous me preniez... que vous m'enculiez... que vous me fouettiez... et... qu'on me regarde...

— C'est tout ?

Laure lui jeta un regard éploré.

— Alors ? Je t'écoute.

— ... Qu... que... que vous me prêtiez... à d'autres, murmura-t-elle dans un soupir de défaite.

— C'est ça qui t'excite ? T'exhiber ? Que je te regarde être prise par d'autres ?

— Oui, Maître.

— Bien... je préfère ça

— Vous le saviez Maître...

— Oui, je le savais, ma chienne, mais ça me plaît de te l'entendre dire. Alors on reste et on continue ?

C'était plus une affirmation qu'une véritable question, mais Laure se sentit obligée de répondre

— On reste... Oui, bien sûr.

— Tu sais ce que ça signifie... ce qu'on a décidé...

— Oui Maître, mais ce que je veux plus que tout, c'est vous obéir.

— Bien. Je suis fier de ma chienne. Debout et suis-moi. On va leur montrer de quoi tu es capable...

— Oui mon Maître, on va leur montrer… lui répondit Laure qui soudain sentit son sang bouillonner dans ses veines.

2. Flagellation

Un moment, Denis regarda Laure en se redisant une fois de plus que cette femme était vraiment faite à sa mesure. Elle était exactement celle qu'il attendait. À la fois docile et rebelle. Fragile et déterminée. Pétrie, en un savant mélange, de retenue et d'impudeur. Sachant faire preuve d'une douce sensualité pour mieux rebondir avec fougue au sommet de la luxure la plus débridée. Et cela sans gêne. Sans manifester la moindre honte. Même si, parfois, elle le désarmait par de soudaines pudeurs dignes d'une toute jeune fille. S'effarouchant d'un mot salace alors que, juste un instant auparavant, elle avait accepté sans broncher des gestes d'une indécente lubricité dont l'obscénité voulue la ravissait.

Et dire que c'est par le plus grand des hasards, au détour d'un tchat, un de plus parmi tous ceux qui ne sont que promesses stériles et sans lendemain, qu'ils s'étaient rencontrés. Il aurait fallu si peu, songea-t-il, pour qu'ils se ratent… et ne connaissent jamais ces moments d'extase et de communion dont ils rêvaient depuis si longtemps chacun de leur côté.

Denis se leva enfin et d'un mouvement sec sur la laisse fit se redresser Laure qui, le cœur battant, le suivit sans un mot.

De nouveau, elle sentit son ventre se nouer d'une crispation presque douloureuse tant elle était puissante. Ce n'était pas de l'appréhension. Si ce n'est, peut-être, celle de ne pas être capable d'aller au bout de ce qu'ils avaient décidé. Non. Elle n'avait plus peur. C'était au contraire une excitation d'une extraordinaire intensité qui prenait possession d'elle. Elle aimait tellement cette sensation, brûlante, violente, sauvage dans laquelle elle allait puiser sa force et qui allait lui permettre de se dépasser et, ainsi, satisfaire son Maître. Elle attendait depuis si longtemps ce moment que Denis avait chaque jour retardé à dessein, se jouant de son impatience et de sa frustration de plus en plus grande.

Ce soir, grâce à Denis, elle allait enfin pouvoir donner vie à l'un de ses fantasmes les plus forts. Ce soir, elle allait être exhibée en tant que soumise par celui qu'elle s'était choisi comme Maître. Ce soir, elle allait lui donner l'entière maîtrise de son corps, de son esprit aussi, et il pourrait user d'elle selon son bon vouloir. La perte de contrôle, c'était le secret ! Ne plus rien avoir à décider, s'en remettre pleinement et totalement à son Maître et ne faire qu'un avec lui. Non, vraiment, elle n'avait plus aucune crainte. L'amour qui les liait et la confiance réciproque qu'ils avaient l'un envers l'autre lui garantissaient que tout se passerait bien.

Lui devant, elle le suivant au bout de sa laisse, ils retraversèrent les pièces obscures qui résonnaient toujours des mêmes plaintes, parfois déchirantes, de plaisir et de douleur. Laure avançait comme dans un rêve, presque dans un état second, un léger sourire aux lèvres.

Si, à leur arrivée, elle avait éprouvé une certaine gêne à se sentir scrutée, seulement harnachée d'une lanière de cuir qui ne dissimulait rien de son corps nu, maintenant, au contraire, elle redressait les épaules, presque avec arrogance, fière de s'exhiber et susciter le désir. Heureuse de sa soumission.

Son sourire s'élargit et ses yeux s'éclairèrent quand elle comprit quelle était leur destination.

Déjà, tout à l'heure, ils s'étaient, pendant quelques minutes, immobilisés en silence devant la croix de Saint-André qui se dressait au centre d'une pièce sur une estrade moquettée de pourpre. Denis avait observé Laure qui, les yeux brillants de convoitise, détaillait les bras sombres de la croix d'où pendaient de lourdes entraves en acier. Il avait, un moment, hésité à l'y attacher immédiatement, mais, finalement, avait préféré attendre. Il devait, au préalable, préparer psychologiquement Laure à l'épreuve qu'il lui avait réservée. En aucun cas, il ne voulait la brusquer, mais l'amener en douceur à accepter et désirer ce qu'il avait imaginé pour eux.

Devant la croix étaient placés une dizaine de fauteuils dont quelques-uns étaient déjà occupés. Des spots lumineux encastrés dans l'estrade l'éclairaient d'une violente lueur bleutée. À un des angles, soigneusement rangés sur une console et prêts à être utilisés, s'étalait tout un assortiment de fouets, martinets, badines, canne. L'ensemble était tout sauf rassurant et donnait une impression de froide brutalité qui, étrangement, loin de décourager Laure au contraire raffermit sa détermination.

Elle se laissa guider vers les deux marches qui menaient à l'estrade et les gravit sans marquer la moindre hésitation. Laure sentait son cœur s'affoler et tambouriner, son souffle s'accéléra imperceptiblement alors que son sexe semblait soudain, tant il pulsait, doué d'une vie propre.

Denis stoppa et fit passer Laure devant lui. Un moment, il détailla le corps somptueux de volupté de sa soumise. Pour l'instant, il était intact de toutes traces, et il s'émut un bref instant de la vulnérabilité qui s'en dégageait. Il posa sa main, légère, sur l'épaule droite de Laure et d'un mouvement tendre, mais en même temps irrésistible, il la disposa face contre la croix. Tout aussi tendrement, il lui fit écarter ses bras et ses jambes qu'il fixa solidement à l'aide des épais bracelets aux montants. Un frémissement parcourut Laure quand l'acier froid se referma sur ses poignets et ses chevilles et l'immobilisa. Les yeux clos, le visage détendu et presque serein, elle se laissait docilement manipuler par son Maître. Denis eut l'impression qu'elle recherchait au fond d'elle-même la force intérieure qui lui serait nécessaire pour surmonter l'épreuve qui l'attendait.

Denis vérifia une dernière fois, la solidité des liens puis, la voulant totalement nue, il dégrafa d'un mouvement preste l'attache qui maintenait autour de son corps la lanière dont elle était seulement revêtue qui tomba au pied de Laure. Juste avant de s'éloigner, il lui murmura :

— N'oublie pas le mot, ma douce. Tu sais qu'à tout moment, tout peut s'arrêter. Cela ne tient qu'à toi... Mais j'espère que tu sauras me faire honneur !

Laure ne lui répondit pas. Denis se demanda si elle l'avait vraiment entendu tant sa concentration semblait profonde. Elle donnait l'impression de flotter dans un autre monde. Un monde de pures sensations accessible aux seules soumises. Elle était là et elle était ailleurs. À la fois présente et absente. Au-delà de tout mot possible. Seulement là, pour lui. À lui. Laure se sentait parfaitement détendue et sûre d'elle. Non, elle ne décevrait pas son Maître et elle saurait être à la hauteur de ses exigences. Aux bruits de pas et de chuchotements qui lui parvenaient, elle comprit que la pièce se remplissait. Combien étaient-ils maintenant à patienter pour la regarder être fouettée, à attendre de se repaître des soubresauts incontrôlables de son corps, de ses gémissements, de ses cris ? Elle imagina une foule innombrable. Elle se vit exposée non plus ici dans ce lieu clos, mais sur une place publique inondée de soleil sous les huées de l'assemblée qui réclamait haut et fort que le spectacle commence enfin. Elle s'imagina le corps lacéré par de redoutables chaînes, son sang qui coule... Vision épouvantable de violence, mais qui attisait sa fièvre érotique. À en trembler d'impatience. À en ruisseler de désir.

Denis s'éloigna et s'approcha de la console. Il hésita un bref instant devant un martinet aux larges courroies de cuir noir. Il connaissait le goût de Laure pour ce type d'instrument qui l'enveloppait de chaude sensualité. Puis, il se dit que pour cette occasion exceptionnelle que serait cette toute première fois où il exhibait sa soumise en public, il lui devait des sensations inédites. Il choisit alors un fouet à l'unique et longue mèche de cuir souple, matériel qu'il n'avait jamais encore expérimenté sur Laure et qui, il le savait, la surprendrait et ravirait autant que lui éprouverait de plaisir à le manier.

Laure frissonna et un soupir s'exhala de ses lèvres entrouvertes quand elle sentit la fine lanière glisser le long de son dos offert et venir mourir sur ses fesses rebondies. Denis, à dessein, faisait insupportablement s'éterniser l'attente, exacerbant les sens de Laure, la mettant, avant même de commencer à la cingler, au supplice. Nul besoin pour lui d'insinuer ses doigts entre les cuisses de sa soumise pour connaître son degré d'excitation. Il savait, sans même la toucher, qu'elle ruisselait déjà. Tout à l'heure, ce serait un torrent qui coulerait. Un torrent dans lequel, il plongerait avec délectation avant de l'offrir à qui voudrait. La vision de sa soumise prise par d'autre que lui et jouir fit se tendre sa queue en une belle érection. Mais la soirée ne faisait que débuter...

Pour l'heure, il était temps pour lui de commencer ce que Laure réclamait. Ses yeux parcoururent le corps frémissant de désir de sa soumise. Une émotion le transperça de la voir ainsi offerte, sans défense dans la lumière crue. Il se sentit soudain empli d'une énorme responsabilité vis-à-vis d'elle qui lui faisait si entièrement confiance. Lui non plus ne devait pas faillir et la décevoir.

Il jeta un regard autour de lui et constata avec plaisir que, depuis leur arrivée, la pièce s'était remplie de nombreux spectateurs qui, dans un silence respectueux, les fixaient attentivement.

Denis leva le bras et la longue lanière de cuir souple décrivit un large arc de cercle avant de retomber dans un sifflement sur le haut du dos qui se stria d'une première zébrure rouge. Il vit le corps de Laure se crisper, mais aucun son ne sortit de ses lèvres soudain resserrées. Surprise, elle ouvrit les yeux. Elle ne connaissait pas cette sensation à la fois précise et brûlante qui irradiait en un seul et unique trait de feu dans son dos. Denis ne lui octroya pas le temps d'analyser plus avant ses impressions. Rapidement, il enchaîna les coups de fouet certains forts, certains plus doux, mais tous laissant leur trace écarlate sur le corps de Laure. Alternativement, il cinglait les cuisses, les fesses, le dos, les épaules, évitait de trop s'attarder sur une zone afin de ne pas engendrer, au risque de décourager Laure, une souffrance insupportable. Attentif aux sursauts de son corps et à l'intensité de ses gémissements, il ajustait la force des lacérations qu'il lui assenait voulant offrir à l'assistance un spectacle qui mêle harmonieusement la vue et le son. À un moment, il visa l'entre-jambes de Laure de telle manière que l'extrémité de la lanière vienne mourir entre ses lèvres et morde son clitoris. Trois fois d'affilée, il répéta le mouvement qui fit se tordre de douleur Laure et lui arracha des cris déchirants. Puis il reprit, méthodiquement, la flagellation de son corps tout entier. Parfois, il se contentait de juste l'effleurer, la faisant tressaillir et gémir d'émoi. Parfois, à l'inverse, il la fouettait si violemment qu'elle ne pouvait retenir un hurlement. Combien de coups lui donna-t-il ? Il avait oublié de compter. Trente, quarante... sans doute plus. Quelle importance ! Seul importait le plaisir qu'il prodiguait à Laure qui loin de se refuser au contraire se tendait vers la lanière de cuir en dépit de la brûlure de plus en plus cuisante qu'elle devait très certainement éprouver.

Quand enfin, il s'arrêta, le corps de sa soumise était strié de zébrures d'une belle couleur pourpre. Laure, les yeux clos, gémissait doucement les joues mouillées de larmes.

Il s'approcha d'elle et fit glisser sa main sur le dos qu'il venait de martyriser et qu'il sentit frémir sous le frôlement pourtant léger de ses doigts.

— Ça va ? lui demanda-t-il tendrement.

Dans l'impossibilité de formuler le moindre mot, Laure opina mollement de la tête. Oh oui ! Ça allait. Son dos était en feu, chaque parcelle de sa chair lui semblait à vif, mais elle était extraordinairement bien. Elle se sentait incroyablement vivante. Incroyablement heureuse. Elle plongea ses yeux dans ceux de son Maître et ce qu'il y lut, mélange de bonheur infini et de soumission totale, le raffermit dans sa décision de continuer.

Denis se retourna et fit face à la foule compacte qui emplissait maintenant la pièce. Il constata avec plaisir que les spectateurs étaient loin d'être restés insensibles à l'exhibition à laquelle ils venaient d'assister. Nombre d'entre eux, Maîtres ou Maîtresses, avaient fait s'installer entre leurs jambes leur soumis ou soumise et leur avaient intimé l'ordre de les branler ou de les sucer.

Denis s'avança sur le devant de l'estrade et lança au public :

— Je suis persuadé que vous auriez plaisir à voir comment ma soumise se comporte de face !

— Absolument, cher ami, lui répondit une voix masculine, nous n'en attendions pas moins…

— Nous aurions au contraire été déçus si vous ne l'aviez pas proposé, opina une voix féminine cette fois.

Un concert d'approbations unanimes qui fit frémir Laure, parcourut l'assemblée. Non, elle ne pouvait plus ! Elle se sentait à bout de force ! À bout d'énergie ! À bout de volonté ! Son Maître ne pouvait exiger cela d'elle qui n'avait plus d'autre désir que celui d'être caressée ! Mais déjà, Denis reprenait :

— Et bien, alors je n'ai pas le choix.

Il revint vers Laure et entreprit de la défaire de ses liens.

— Mon Maître, je t'en prie…, l'implora dans un murmure rauque Laure.

— Tu ne vas pas me dire que tu es incapable d'en supporter davantage, lui répondit d'une voix dure Denis. Je serais déçu…

— Ce n'est pas ça… mais je… je suis tellement fatiguée… si tu savais…

— Seulement fatiguée…, lui rétorqua-t-il dédaigneusement. Si ce n'est que cela… ça m'est totalement égal ! Allez, ma chienne, retourne-toi et fais face à tes admirateurs.

À bout d'arguments, Laure lui obéit docilement et releva en les écartant ses bras et ses jambes afin de permettre à son Maître de la rattacher à la croix. Positionnée de face, il lui devenait impossible d'ignorer les regards qu'elle devinait braqués sur elle, malgré la clarté des spots qui l'aveuglait. Non qu'elle en éprouve de la honte, mais se savoir ainsi observée l'intimidait presque. D'émotion, elle baissa ses paupières et essaya à toute force de s'abstraire dans son univers.

— Ouvre les yeux, lui ordonna brusquement Denis, je veux que tu regardes. Tu sens tous ces yeux sur toi… qui te contemplent… Tous ces hommes et femmes qui doivent m'envier de posséder une chienne aussi obéissante… Aussi endurante… qui doivent être impatients de te prendre à leur tour…

— De me prendre ? souffla Laure

— Oui, te prendre comme la chienne en chaleur que tu es. Tu ne te refuseras pas, n'est-ce pas ? Tu ne voudrais pas me faire honte ?

— Non, mon Maître, soupira-t-elle résignée, bien sûr que non...

— Bien, je préfère ça. Allez, courage ma chienne.... Tu es presque arrivée au bout... Pense au plaisir que tous vont te donner après... Pense que c'est parce que je t'aime et que tu es à moi que je fais cela... que je ne veux que ton bonheur !

— Oui, mon Maître. Je t'aime... et je suis à toi.

— Et souviens-toi, tu n'as qu'un mot à dire...

— Je sais Maître, mais je ne le dirai pas ! Seulement vous, avez ce pouvoir...

Un bref instant Denis observa cette femme qui se s'abandonnait sans condition à sa dure loi de Maître. Un trait fulgurant d'amour lui transperça le cœur. Oui ! vraiment il l'aimait. Laure était son trésor. Seul comptait le bonheur qu'il pouvait lui donner même si celui-ci passait par d'étranges chemins. Yeux dans les yeux, ils se sourirent unis par une même connivence.

De nouveau, la lanière reprit sur Laure son ballet infernal et cingla tour à tour son ventre, ses seins, ses cuisses. La faisant hurler quand la courroie mordait cruellement sa vulve à la chair si délicate et fragile. De nouveau, les sensations submergèrent Laure qui oublia le public qui l'observait. Il lui semblait que son corps entier avait pris feu. À chaque nouvelle lacération de fouet, elle se disait « cette fois, ça y est c'est le dernier, je ne peux plus... ». Puis un autre coup arrivait qui la faisait se tordre et elle pensait, le mot magique au bord des lèvres, « c'est trop... trop fort... je vais mourir... ». Puis encore un autre... « mourir de désir... ». Encore un qui lacéra sa poitrine « mourir de plaisir... ». Un autre qui s'enroula autour de sa taille... « Oh ! que c'est bon ! ». Un autre qui vint cingler la chair fragile de son pubis qui lui arracha un cri de détresse...

Ce fut le dernier !

Lentement, Denis alla reposer le fouet sur la console où il l'avait pris. Un bref instant, Denis songea à inviter les assistants à venir palper et caresser le corps brûlant et palpitant de désir de Laure. Intuitivement, il comprit que l'exhibition devait s'arrêter là, qu'il ne pouvait en demander davantage à sa soumise qui l'avait satisfait au-delà de ce qu'il pouvait espérer. Il devait lui laissait reprendre des forces avant de continuer. La rassurer, la cajoler... Ils avaient toute la nuit pour eux. Mais pour le moment, il devait libérer Laure de la tension qui l'habitait et pour cela il savait quoi faire.

Il revint vers Laure et glissa sa main entre ses cuisses ouvertes. Quand les doigts de son Maître vinrent se poser sur son sexe en feu et commencèrent à s'activer en un mouvement tourbillonnant sur son clitoris, Laure rejeta sa tête en arrière et laissa jaillir le plaisir qui s'était accumulé en elle tout au long de la séance. Dans un feulement de bête en rut, elle jouit.

À bout de force, son corps s'affaissa en avant.

Denis la détacha et la prit tendrement entre ses bras en lui murmurant combien il l'aimait et était fier d'elle. Laure leva vers lui un visage épanoui au regard encore embué de sa jouissance et se blottit, heureuse, contre lui.

Alors qu'ils se dirigeaient vers la sortie, une voix lança :

— Belle prestation, soumise. Votre Maître peut être fier de vous ! Nous espérons vous revoir très bientôt parmi nous…

Laure rosit de plaisir sous le compliment et se serra contre son Maître déjà impatiente de recommencer.

Déroute des sens

Tous ces mots que vous m'écrivez et qui éveillent en moi des images folles de sensualité et de plaisir partagés...

Je suis liane et je m'enroule autour de vos paroles que j'emprisonne et m'approprie. Je suis vague. Et vous êtes le flux et le reflux et je me laisse bercer et emporter par ce flot d'infinis désirs. Je divague au gré de vos délires sans opposer de résistance à cette lame de fond qui m'entraîne. Je suis sans force et je suis souveraine. Objet de plaisir et de convoitise. Je me donne et m'ouvre.

Mon sexe se mouille d'embruns opalescents jaillis du plus profond de mes abysses. Votre langue me fouille et s'abreuve de ce liquide d'amour jaillit de mes entrailles qui vous ensorcelle de son odeur suave et de sa saveur épicée. À mon tour, je m'enivre de la senteur musquée de votre sexe. Ma langue vous goûte avec délectation. S'aventure... S'enroule... Se perd dans les méandres de votre ventre. Transpiration mêlée. Corps qui se cherchent. Combat sans vainqueurs. Je me donne. Vous prenez. Et je gémis sous vos coups. Violence et douceur. Jouissance et douleur. Je ne sais plus. Je suis toute à la fois maîtresse de votre plaisir et esclave de vos désirs. Je crie. Vous riez de mon émoi. Vous me pliez à vos exigences et je me soumets dans un soupir. Éblouissement! Mon cœur explose. Alors que profondément ancré en moi, vous fustigez mes fesses à les rendre cramoisies. Mes larmes coulent de bonheur, de souffrance. Je ne sais plus. Je ne suis plus à moi en étant à vous. Lanières de cuir qui me brûlent. Douceur de votre bouche au creux de ma nuque. Étau de vos doigts sur mes seins qui gonflent et se tendent. Tendresse de vos mains qui m'effleurent. Je ne sais plus. Caresse de votre voix qui se mêle à mes cris. Limites sans cesse reculées du plaisir et de la douleur qui se mélangent et se

confondent. Je hurle du bonheur d'être femme. Explosion des sens !
Voyage immobile aux confins du désir qui me laisse sans force.

Ces mots sont pour vous que je ne connais pas encore ou si peu.
Mais je vous lis et des images naissent en moi.

Des sensations folles. Des appétits insondables d'intensité. Sans
que j'en aie vraiment conscience, mon corps réagit et s'éveille.

Je vous lis et mes mains glissent sur mes seins qu'elles
étreignent. Mes doigts avides se referment sur mes tétons
qu'enchâsse telles des gemmes précieuses un bijou d'argent. Ils se
tendent et durcissent. Oh que j'aimerais alors sentir vos lèvres les
presser et les aspirer et votre langue tendrement les lécher. Que
j'aimerais alors sentir sur eux la douce morsure de vos dents ! Puis
mes mains glissent le long de mon ventre, s'immiscent entre mes
cuisses et remontent à contre-courant de la rivière qui coule
impétueuse entre elles. Que j'aimerais alors que ce soient vos doigts
qui m'investissent et m'abandonner à cette étreinte que tout mon
corps appelle.

Je vous lis et je ne suis plus là. Miracle des mots, je m'envole
vers vous que j'imagine et me blottis entre vos bras. Douce et
obéissante, mais aussi indocile et rebelle à votre loi qui
m'effarouche et me séduit tel le papillon est attiré irrésistiblement
vers la lumière. Vous me faites m'allonger et vos mains autoritaires
ouvrent mes cuisses. Des liens étroitement serrés autour de mes
poignets et de mes chevilles, vous m'immobilisez, insensible à mes
gémissements d'appréhension. Vous me clouez à ce lit de tortures
délectables. Je vous regarde le pénis fièrement érigé prêt à me
pourfendre. Je deviens votre chose soumise. Femelle par tous les
pores de ma peau. Amante et pute à la fois. Entendez-vous mon
souffle qui s'accélère et le grondement de mon cœur qui bat à tout
rompre. Je tremble d'impatience de vous sentir venir en moi et me
prendre. Le poids de votre corps sur le mien et ce pieu qui pilonne
alors mes reins sans se soucier de la douleur qu'il m'inflige. Je crie.
Je vous supplie. Je me refuse et je me donne. Antagonisme des
contraires qui me fait défaillir d'extase d'être ainsi possédée et
dépossédée de moi. Je ne suis plus que femelle et oublie qui je suis.
Je ne suis plus rien que ce désir qui gronde et se déverse en un flot
sauvage et indomptable.

Que j'aimerais que vous soyez là maintenant et m'agenouiller
devant suppliante et frémissante ! Que j'aimerais me plier à votre loi
d'homme !

« Mets-toi d'abord un doigt dans le cul, soumise, pour me lire…
Où que tu sois… »

Ces mots que vous écrivez et qui s'affichent sur l'écran froid de mon ordinateur me lacèrent par leur brutalité. Vous exigez tant de moi. Et j'aurais tant envie de douceur et de tendresse. Ces mots semblables à des gifles que vous m'admonestez en cadence. Ma tête part en arrière. Mais vous n'en avez cure. Que vous importe ma souffrance puisque celle-ci me rapproche davantage de vous. Que m'importe à moi aussi puisque cela vous rapproche de moi. Je tends mon visage couvert de pleurs vers vous. Vers votre main qui s'élève. Je la regarde les yeux brouillés de larmes prendre lentement son élan. Monter. Encore et encore et brusquement, brutalement retomber et claquer ma joue écarlate et brûlante. Je ne veux pas cela et pourtant je reste devant vous immobile et consentante, contemplant à nouveau votre main se lever. Encore et encore. Et ma tête se balance de gauche à droite. De droite à gauche. Les oreilles bourdonnantes. Incontrôlables mes mains à leur tour se soulèvent en un dérisoire geste de protection inabouti. Comment me défendre ? Me défendre de quoi ? De votre main qui maintenant affectueusement effleure ma joue en une caresse d'une ineffable douceur qui me fait fondre de tendresse pour vous mon Maître adoré. Délicatement, vous essuyez mes larmes du bout de vos doigts. Votre bouche câline se pose sur la mienne. Votre langue cherche la mienne. Mon corps se colle au vôtre. Les mots que vous me dites sont si tendres et si beaux. Mais je crie soudain alors que vos dents mordent sauvagement mes lèvres. Goût métallique de mon sang. Vous riez. Je pleure.

Vous exigez tant de moi qui suis si malhabile et timide. Qui ne sait rien et a tout à apprendre de vous. Je voudrais vous dire « pas si vite ». Je voudrais vous dire « apprivoisez-moi d'abord ». Mais je sais cela impossible. Le temps n'est pas, entre nous, aux bonnes manières, mais à l'apprentissage de la soumission. Le temps n'est pas à la douceur, mais au dressage.

Vous exigez tant de moi qui n'ose pas encore ou si peu. Qu'à haute voix, je claironne à tout vent ma qualité de putain servile. Mon état de chienne soumise qui rampe à vos pieds et quémande, suppliante vos caresses. Vos ordres me meurtrissent, mais je m'exécute le rouge de la honte au front, mais le cœur empli d'une fierté incommensurable.

Des mots pourtant terribles à proférer. Qui font naître en moi la révolte. Je ne peux pas et malgré tout je les prononce. Au milieu de ce parc où n'importe qui pourrait m'entendre. Mes résistances fondent. Je les dis encore, plus fort : « Je suis à vous chienne soumise à votre seule volonté, heureuse d'obéir à vos ordres mêmes les plus fous. Je serai putain si c'est ce que vous désirez, mais aussi votre amante amoureuse et tendre. Je serai salope lubrique et offrirai mon cul à qui veut l'utiliser si telle est votre souhait. Je sucerai les queues qu'il vous plaira de me présenter. »

J'apprendrai à miauler comme une chatte lascive ou à faire la belle telle la chienne que suis pour vous que je vénère. J'apprendrai l'art des caresses les plus suaves. Je deviendrai artiste des sens. Et tout mon corps ne sera plus que source de plaisir. Je lécherai la fente de toutes les boîtes aux lettres que je trouverai sur mon chemin et chaque goutte de salive déposée sera un hymne à ma soumission. J'écrirai sur mon corps et mon front à l'encre indélébile « Oui, Maître » et je m'exhiberai seulement vêtue de ce sceau infamant. Je ceindrai mon cou d'un lourd collier clouté en cuir et me pavanerai devant tous, fière de cette marque de servitude. J'achèterai la laisse pour que vous puissiez me promener attachée et docile devant tous vos amis. Je me coucherai devant vous, silencieuse et attentive, à vos ordres. Je me traînerai à vos pieds que je lécherai puisque c'est ce que vous exigez de moi. J'offrirai sans broncher mes reins aux lacérations de votre fouet et vous remercierai de la douleur infligée qui me prouve seule que je vous appartiens. Totalement. Complètement. Absolument. Que je suis votre chose dont vous pouvez user et abuser à votre guise.

Je suis à vous et vous pouvez tout.

Comme vous me l'aviez ordonné je suis restée, après vous avoir lu, agenouillée sur le carrelage, nue face au mur pendant 20 minutes les mains sur la tête, la fenêtre ouverte sur le froid de l'hiver.

Je ne pensais à rien qu'à vous et je vous imaginais debout derrière moi un fouet à la main comme vous l'étiez hier. J'ai oublié le froid qui m'étreignait et la douleur de mes genoux. De nouveau, j'ai senti la longue lanière effleurer d'abord doucement mes reins comme si vous étiez réellement là. Je me rappelais avoir tressailli, mais être restée sans bouger pendant que le cuir s'abattait de plus en en plus durement sur mon dos le zébrant et le lacérant.

Vous m'aviez demandé de compter à haute voix jusqu'à trente. Trente coups de fouet qui m'ont fait vibrer et chanceler. J'avais beau anticiper sur mes fesses les brûlures de plus en plus vives de la fine, mais impitoyable courroie, chaque fois je me suis laissé surprendre par leur intensité. J'ai mordu mes lèvres pour ne pas hurler, car je sais que cela vous indispose. J'avais mal de partout, mais je suis restée droite sans bouger subissant sans broncher jusqu'au bout votre loi. Entre mes cuisses j'ai senti mon désir de vous ruisseler et mon sexe palpiter.

À ces souvenirs, j'ai eu une terrible envie de me caresser et jouir en pensant à vous, mais je ne l'ai pas fait, Maître. La prochaine fois m'autoriserez-vous ce plaisir et à le partager avec vous ?

Je hurlerai alors Ma jouissance.

Vous êtes là, enfin. Je m'approche de vous à quatre pattes, craintive et rétive. Irrésistiblement attirée. Votre regard me parcourt sans complaisance. L'angoisse tord mon ventre. Envie de fuir. De me jeter dans vos bras. Je plie la nuque sous vos insultes qui pleuvent. Je ne peux pas accepter cela ! Tout en moi refuse cette humiliation que vous m'infligez. Je fais tant d'efforts pour vous contenter et vous satisfaire, Maître chéri ! Pourtant je reste et reviens vers vous, vous supplie de me pardonner mes hésitations.

Vous m'ordonnez de ne penser à rien. De ne pas chercher à comprendre. De me laisser porter par les sensations et n'être plus qu'un corps que vous prenez et utilisez à votre guise. Que vous n'avez rien à faire de mes états d'âme ! Qu'une chienne n'a pas à en avoir ! Être sans peur et sans attente, me vider la tête de toutes mes convictions et les oublier une bonne fois pour toutes. Simplement être là. À votre disposition. Cela paraît si facile. Je ne dis plus rien. Je m'agenouille et vous supplie de me pardonner. Me pardonner ce silence qui, pendant quelques jours, m'a fait m'éloigner de vous déboussolée. Je vous ai désobéi par mon mutisme. Je me suis refusée à vous. Intransigeance de votre part. La punition est inévitable.

Vous me demandez de me prendre entre mes lèvres le fouet et de vous l'apporter, en bonne chienne, en rampant sur mes genoux. Ultime renoncement que vous exigez de moi et qui m'attache à vous. Extrême abandon. Aucun lien ne m'entrave. Il me suffirait pour vous échapper de me lever et partir. Je sais que vous n'esquisseriez pas le moindre geste pour me retenir. Je suis libre de le faire et de vous oublier. Pourtant, en dépit de ma peur et de ma honte, je m'avance à genoux vers vous, mes yeux noyés de larmes de reconnaissance, l'instrument de mon prochain supplice coincé entre mes dents. Vous vous en saisissez. Je vous regarde faire aller et venir entre vos mains le fouet dont vous faites siffler dans les airs la fine et longue lanière en cuir tressé. Je sursaute, terrorisée. Instants terribles et délectables de l'attente. Allez-vous me pardonner après m'avoir fouettée ? La mèche se balance. Menaçante. Mon corps se tend. Je ferme les yeux, dérisoire tentative pour m'échapper, mais que vous me refusez. Je dénude mon dos et me défais, toute résistance rompue, de mes dernières défenses. J'incline ma nuque et j'offre mes reins à votre courroux. Je mérite cette punition. Me vider la tête, ne plus penser à rien. Ne pas songer à cette douleur qui dans un instant va me lacérer. Qui soudain me fait me cambrer et gémir. Ne pas crier surtout. Je sais que vous avez horreur de ça. Ma chatte me fait mal. Mal du désir que j'ai de vous. Mal du désir de vous plaire. À haute voix, je compte chaque coup. À chaque lacération qui me rapproche d'un cran de vous, je vous remercie. Émotion brute et sans fard. Il n'y a plus que la réalité crue de cette douleur infinie qui enfin me révèle à moi-même et me fait vôtre.

Jamais vous ne m'avez fouettée si violemment. Si brutalement. Traçant sur mon dos de larges estafilades sanguinolentes. Je vous suis si reconnaissante. Mon corps n'est plus que brûlure, mais jamais encore je ne me suis sentie aussi vivante. Mon corps réagit sans plus aucune pensée cohérente. Sans plus essayer d'analyser ce qu'il lui arrive. Je ne suis plus que sensation et émotion. Merci Maître de m'avoir fait découvrir cela. Je braille à gorge déployée sans aucune retenue. Je rugis de douleur et de plaisir. Furieux, vous accélérez la cadence. M'ordonnez de me taire. Je ne peux pas, Maître.

Je ne suis plus qu'une chienne en chaleur ne désirant qu'être prise par vous. Complètement. Profondément. Je ne pense qu'à votre queue que j'imagine fière et tendue. Mon corps n'est plus qu'un sexe immense qui veut être rempli par tous ses orifices. Je gueule mon envie d'être baisée par vous alors que la lanière retombe infatigable sur ma croupe offerte que je tends vers vous. Je crie mon envie d'être enculée, de sentir votre pieu me pourfendre et m'investir en conquérant. Je beugle mon besoin de vous sucer, de lécher vos couilles, d'enfoncer ma langue dans votre cul. De boire votre miel qui gicle au fond de ma gorge assoiffée.

Plus rien ne me retient. Je ris. Je pleure. Je deviens folle de désir. Je ne suis plus que ce désir que vous faites surgir incandescent. Et vous prenez ce que je ne peux plus vous refuser et qui vous revient de droit. Un océan en tempête me bourlingue à tout vent. Éblouissement sauvage et brutal de la jouissance qui m'emporte et me fait défaillir ivre du bonheur de vous appartenir. Je meurs entre vos bras pour mieux renaître à mes sens.

Serai-je digne de vous, Maître ?

Ruissellement

Elle est à genoux au centre d'une vaste salle aux murs tendus d'un lourd tissu grenat. Des chandeliers d'argent disposés tout autour de la pièce dispensent une lumière chiche au reflet mordoré. Elle se laisse docilement ramener ses mains dans le dos. Un frémissement à peine perceptible la parcourt alors que la corde enserre étroitement ses poignets. Elle ne dit rien. Aucun gémissement ne franchit le barrage de ses lèvres malgré l'angoisse qui lui étreint le ventre dans un étau. Ses épaules sont rejetées en arrière dans une attitude conquérante, mais sa tête penchée en avant et ses yeux humblement baissés ne font aucun doute sur sa soumission.

Soumise, mais fière de l'être.

C'est cela qu'elle ressent au plus profond d'elle-même. Même si cela engendre en elle une crainte diffuse mêlée d'excitation. Se donner, complètement, sans restriction. Cela exige de sa part une volonté inflexible, une force inébranlable. Dualité de la soumission qui nécessite abdication et détermination à toute épreuve.

Un vertige la saisit, la fait légèrement tituber à l'idée de ce qui l'attend qu'elle ne peut encore qu'imaginer, mais qu'elle appelle du plus profond de son être. Les liens se resserrent plus étroitement, s'enroulent autour de ses bras et les ramènent durement en arrière. Ses épaules la font souffrir d'être ainsi étirées. Dans un moment, elle le sait, la douleur va s'amplifier alors que ses bras vont s'ankyloser et ses muscles se tétaniser sous la tension qu'on leur inflige. Qu'importe ! Elle attend cette douleur. Elle l'appelle de tout son cœur. Elle fait partie du jeu.

Il y a un instant, tout aussi docilement, elle s'était dévêtue, comme on le lui avait ordonné d'un geste impérieux, sous le regard convergent et attentif des cinq hommes masqués qui l'entourent et n'avait gardé sur elle que son corset et ses bas. Lentement, ils se sont rapprochés d'elle, ont tourné autour de son corps dénudé afin d'en apprécier les courbes voluptueuses ainsi que le galbe parfait de ses seins mis en valeur par la guêpière de cuir fauve. Doucement, ils l'ont effleurée et ont caressé délicatement du bout de leurs doigts sa peau fine et dorée. Seul le léger frémissement qui l'a parcourue a marqué son émotion.

Elle ne connaît aucun de ces cinq hommes qui lui resteront, malgré tout ce qui va pouvoir se passer, de parfaits inconnus.

Longtemps, ils l'ont touchée, malaxée, palpée… comme s'ils voulaient prendre la mesure de la douceur et l'élasticité de sa chair. Elle s'est laissé faire, sans un mot. Acceptant cette inspection. Craignant de leur déplaire. Puis, sans qu'aucune parole n'ait été échangée, d'un commun accord, ils ont fini de la dévêtir et l'ont délestée de son corset qui est retombé à ses pieds. Elle est restée ainsi un long moment, tremblante d'appréhension, debout complètement nue devant eux qui l'observaient d'un regard froid. Un des hommes s'est alors saisi d'un lourd collier aux épais maillons en argent orné d'un large disque finement ciselé et il l'a ceint autour de son cou. Sa nuque délicate a ployé sous le poids du bijou précieux et la médaille est venue se lover entre ses seins. Un deuxième a fixé sur ses mamelons des pinces en acier chromé, reliées entre elles par une pesante chaîne. Puis, avec un mousqueton, il y a attaché une autre plus longue terminée également par une paire de pinces qu'il a, après lui avoir fait légèrement écarter les jambes, soigneusement accrochées à ses petites lèvres. Elle a frémi sous la morsure conjuguée des pinces qui ont écrasé sans pitié la chair fragile de ses aréoles et de ses nymphes, mais elle n'a pas esquissé le moindre geste de recul. Au contraire, une douce chaleur s'est propagée en elle et a irrigué son sexe palpitant d'une attente diffuse. Un troisième homme s'est positionné dans son dos et l'a fait, d'une tendre poussée, se pencher en avant et écarter plus largement les cuisses. Ses doigts l'ont longuement fouillée puis un objet froid et dur s'est lentement introduit dans son vagin d'abord puis, un autre, dans son anus. Elle a eu mal alors que l'instrument s'enfonçait en elle et elle s'est mordu les lèvres pour retenir ses gémissements. Insouciant de sa plainte contenue, l'homme a méthodiquement enfoui au plus profond d'elle les deux olisbos. Il a ensuite soigneusement appliqué sur son sexe une large courroie de cuir qui l'a parfaitement recouvert et a enroulé, pour la maintenir en place, autour de sa taille une dernière chaîne qu'il a verrouillée d'un cadenas au disque d'argent suspendu à son cou.

Alors que les mains s'affairent délicatement sur elle et l'apprêtent, elle se souvient du message reçu le matin même de son amant qui lui enjoignait de se rendre à 16 h précises au 26 avenue de Montreuil. « Il s'agit d'une maison. Tu te gareras devant le portail qui sera entrouvert. Inutile donc de sonner. Tu traverseras à pied l'allée qui mène au manoir et tu entreras. On t'attendra à l'intérieur. Tu te soumettras à tout ce qui te sera demandé. Je compte sur ta parfaite obéissance. Il est hors de question que tu déçoives d'une manière ou d'une autre par des jérémiades ou des plaintes, les amis à qui je te prête pour l'après-midi et à qui tu devras la même obéissance qu'à moi-même. Sois donc avec eux, ma douce soumise, telle que tu es avec moi, courageuse et docile. »

Pensive, elle avait relu le texte. À aucun moment, ne lui était venu à l'esprit qu'elle pouvait se soustraire à cette nouvelle épreuve. Pourtant, comme cela lui faisait peur ! Mais elle ne pouvait nier l'excitation que cet ordre faisait naître en elle et qui était, la plus grande marque d'attachement, que son amant puisse lui faire. Oh non, elle ne voulait pas le décevoir et elle serait à la mesure de la confiance qu'il lui faisait.

Elle s'était donc préparée sans poser de questions. D'abord, après s'être soigneusement épilée les aisselles et le sexe, un long bain parfumé d'huile d'amande douce qui avait donné à sa peau ambrée la finesse de la soie. Méticuleusement, elle avait maquillé ses yeux, les avait soulignés d'un trait de kohol pour rendre son regard aux sombres nuances noisette plus lumineux. Puis elle avait revêtu son plus beau corset en cuir souple qu'elle avait lacé le plus étroitement possible afin d'amincir autant que possible sa taille et faire rebondir sur l'armature qui les soutenait ses seins dorés par le soleil. Ensuite, elle avait accroché aux porte-jarretelles des bas en soie noire. Enfin, elle avait enfilé une longue robe au tissu fluide refermée sur le devant par de minuscules boutons à pression.

Elle est maintenant à genoux parée d'argent comme une odalisque, les mains durement liées dans le dos et elle sent la corde mordre la chair fragile de ses poignets. Ses chevilles sont entravées à leur tour tout aussi rudement. Elle est sans défense. Totalement à la merci de ces hommes. Elle en éprouve une crainte sauvage et brutale. Un instant, son souffle s'arrête. Son cœur s'emballe. Elle a si peur soudain. Ils pourraient faire ce qu'ils veulent. La torturer. Personne ne l'entendrait hurler dans cette maison isolée. Son angoisse augmente d'un cran quand elle sent une main agripper sa chevelure et tirer sa tête en arrière. Son affolement est total lorsqu'un bâillon est introduit sur sa bouche. Faiblement, elle tente un mouvement de rejet et secoue sa tête essayant en vain d'échapper à la poigne qui la maintient immobile. Mais la main se fait plus impérieuse, tire plus brutalement sur les longs cheveux, lui ôtant toute possibilité de bouger si ce n'est au prix d'une douleur insupportable. Le bâillon prend sa place entre ses dents. Il s'agit en fait plus d'un mors que d'un véritable bâillon. Il est doté en son centre d'un trou bordé d'un bourrelet de cuir qui l'oblige à garder grande ouverte sa bouche. Elle retient un gémissement alors que des lanières se referment derrière sa nuque. Tétanisée par la peur qui l'étreint tout entière et agite son corps d'un tremblement incoercible, ses dents s'enfoncent dans le cuir. Il lui faut faire appel à toute sa maîtrise pour ne pas hurler et bondir pour s'échapper. Désespérément, elle songe à son Maître adoré qui jamais, elle le sait, ne l'exposerait à un risque majeur. Penser à lui, à l'amour qu'ils partagent, à ce qu'elle veut de tout son être lui donner, lui confère un regain de courage. Son corps se détend peu à peu et son cœur reprend un battement normal.

Les cinq hommes se sont à nouveau reculés et l'observent toujours dans le plus parfait silence. Enfin, un se décide à s'avancer. Dans sa main, elle remarque avec effroi qu'il tient ce qui lui paraît être un entonnoir. Sans qu'elle les ait entendus, deux d'entre eux se sont positionnés dans son dos et, appuyant fermement sur ses épaules, l'obligent à s'agenouiller sur le carrelage. Leurs mains agrippent sa chevelure et maintiennent sa tête rejetée en arrière. L'affolement la gagne alors que le premier engouffre dans l'orifice au centre du mors, l'entonnoir ce qui lui arrache un spasme nauséeux. Mais elle a à peine le temps de s'habituer à la situation, qu'un individu s'approche un grand broc empli d'eau à la main. Cette fois, une peur abjecte l'étreint. Lorsqu'un fin filet commence à se déverser au fond de sa gorge, elle ne peut rien faire d'autre que de déglutir et avaler pour éviter d'être étouffée. Inexorablement, le breuvage s'écoule en un flot continu. Elle boit. Enfin, le ruissellement se tarit, mais déjà un troisième homme a pris le relais et de nouveau le liquide se répand dans bouche offerte. Lentement, dans une sarabande interminable, ils se succèdent et versent en elle toujours plus d'eau. Elle sent son estomac s'emplir comme une outre et se distendre sous l'afflux du liquide. Cela n'a rien de douloureux. Elle ne comprend pas vraiment ce qu'ils retirent à lui infliger ce traitement. Mais soudain, un élancement parcourt son ventre alors qu'une irrépressible envie d'uriner surgit. La crainte de ne pouvoir se retenir la traverse, mais elle se rend compte que l'attirail dont on ils l'ont harnachée tout à l'heure empêche toute possibilité pour elle de s'épancher. Elle en ressent au premier abord un sentiment de soulagement. Jamais elle n'aurait supporté l'humiliation de se laisser aller ainsi devant ces inconnus. Mais elle comprend aussi toute la perversité de la situation alors que le besoin d'uriner la tenaille de plus en plus violemment.

Les hommes se sont de nouveau reculés et l'observent alors qu'elle se dandine désespérément et tente en vain de faire refluer en elle le tiraillement qui tord son ventre qui lui donne l'impression d'être sur le point d'exploser. Son envie maintenant est terrible. Si terrible ! Une pulsation douloureuse étreint sa vessie. Elle tremble sous la tension qui l'habite. Eux se repaissent du spectacle de son corps affolé et contraint à ne pas pouvoir satisfaire ce besoin élémentaire de pisser. Elle gémit. Balbutie piteusement à travers le bâillon qui entrave toujours ses lèvres des mots inaudibles. Les supplie de la laisser se soulager. Au moins un peu. De défaire, un tant soit peu, la courroie qui bride son sexe et empêche la moindre miction. Que cette torture qu'il lui inflige est trop dure ! Qu'elle ne peut en supporter davantage ! Eux restent insensibles à ses plaintes. Ils l'observent. Elle est si belle ainsi alors que l'affolement fait frémir son corps. Ils savent que maintenant elle est prête à tout accepter pour que cesse le tourment qui broie son ventre. Ils savent qu'ils pourraient tout exiger d'elle et qu'elle n'est plus en mesure de refuser quoi que ce soit.

C'est ainsi qu'ils la voulaient. Soumise, contrainte. Désespérée. Obéissante et conquise. Prête à satisfaire leur moindre caprice.

Mais l'heure n'est pas encore venue de lui apporter le soulagement qu'elle implore. Pour l'instant, ils la veulent seulement suppliante. Prête à ramper à leurs pieds et quémander leur clémence. Pour l'instant, ils veulent vaincre en elle les derniers vestiges de rébellion. Un des hommes se saisit d'un chandelier à quatre branches. À travers les larmes qui embrument son regard, elle le voit se positionner devant elle. Ses yeux, comme hypnotisés, ne peuvent se détacher de la flamme dansante des bougies. Chacun des quatre autres hommes prend entre ses doigts une bougie qu'ils approchent à l'unisson avec une lenteur infinie de son corps. Un hurlement lui échappe quand une première coulée de cire se ruisselle sur son sein droit. Une brûlure fulgurante la transperce et lui fait, un bref instant, oublier les crampes qui broient son ventre distendu. De nouveau, la cire glisse en un mince filet incandescent entre ses seins. Lave flamboyante qui se pose sur son mamelon sensibilisé par les pinces. La cire dégouline sur tout son corps, sa nuque, ses épaules, ses reins, descend en filaments ardents le long de son sexe, vient se perdre entre ses cuisses. À chaque fois que la cire l'atteint, la douleur semble insupportable et pourtant elle disparaît tout aussi vite et laisse place à une sensation d'étirement alors qu'elle refroidit. Elle ne sait plus ni où elle est ni ce qu'elle ressent vraiment. Sa vessie prête à exploser sous l'envie d'uriner et cette chaleur qui l'irradie tout entière font naître en elle une incandescence d'une autre sorte. Elle se sent devenir flamme à son tour, brûlant d'un désir sauvage et brutal. Autant, il y a un instant, elle avait tenté de se soustraire aux brûlures éphémères de la cire autant maintenant elle tend son corps vers elles ; les appellent du plus profond d'elle-même. Elle frémit, tremble. Le plaisir malgré la douleur ou bien à cause d'elle monte en elle en une vague de plus en plus violente. Son regard reconnaissant va d'un homme à l'autre. Pour eux, pour ce plaisir qu'ils lui dispensent sans aucune retenue, elle est prête à tout accepter.

Mais brusquement, les hommes masqués arrêtent leur manège de feu. Ils font cercle autour d'elle agenouillée. Ils tiennent leur sexe à pleine main. Lentement, ils font aller et venir leur main sur leurs membres déjà tendus. Spectacle étourdissant de ses pénis qui s'offrent à sa langue avide et qui lui échappent. La rendent folle de désir et d'envie et lui font oublier la douleur qui cisaille son ventre gonflé de liquide. Enfin, sans autre préambule, un des hommes enfourne sa verge dans sa bouche toujours maintenue ouverte par le harnais. Le membre que tend une énorme érection s'engouffre au fond de sa gorge et commence un mouvement de va-et-vient. Plus qu'une fellation, l'homme semble se masturber. Elle en éprouve un sentiment d'humiliation intense, mais aussi d'extrême jubilation. Comme si elle était ramenée au rang de simple objet sexuel dont on se sert. Mais elle est cela. Une poupée de chair dont on peut user. Elle ne veut plus qu'être cela. N'avoir plus de réalité propre et n'exister qu'à travers ce plaisir qu'on lui réclame. Sa langue s'agite, tournoie, soucieuse de satisfaire au mieux l'homme. Mais déjà, il se retire et est, immédiatement, remplacé par un deuxième. Ainsi, à tour de rôle, ils se succèdent dans sa bouche offerte qu'elle leur abandonne sans aucune retenue et elle se régale de la sensation de la chair souple et chaude des membres virils qui l'emplissent. Aucun ne jouit pourtant. Aucune caresse ne lui est octroyée. Elle n'est qu'un trou béant qui sert à entretenir l'érection des hommes. Elle n'est plus rien qu'un objet de plaisir.

Enfin, ils font cercle tous les cinq autour d'elle. Leurs sexes fièrement érigés se frottent à son corps, contre ses joues, sur sa nuque, au creux de son cou. Dans un même mouvement comme s'ils s'étaient donné un signal, ils éjaculent sur elle et l'inondent de leur sperme mêlé qui coule sur son visage offert. Elle reste immobile alors que le chaud liquide onctueux s'épanche le long de son ventre et de son dos. Dans ses cheveux. Un moment, ils l'observent ainsi parée de leur semence qui dessine sur son corps de longues arabesques blanches qui se mêlent à la cire et la diluent.

Puis, un des hommes la fait se relever et, tendrement, la déleste enfin du harnachement qui scelle hermétiquement son vagin détrempé de jouissance tandis qu'un second glisse entre ses jambes ouvertes une large vasque en cristal. Une seconde d'immobilité. Elle les regarde à tour de rôle et comprend, dans un éclair ce qu'ils attendent d'elle. Dans un élan de soumission et d'abandon total, elle se laisse aller et ne retient plus le jet tiède qui jaillit, comme une délivrance, de ses entrailles et coule le long de ses cuisses lui apportant un soulagement infini.

Elle n'éprouve aucune honte à s'épancher ainsi devant ces hommes. Au contraire, il lui semble atteindre, enfin, le stade ultime de sa soumission où elle abdique tout droit à la moindre intimité. Elle se sent comme libérée, heureuse d'avoir vaincu, grâce à eux, ses dernières résistances. Et soudain, alors que liquide tiède finit de s'écouler le long de ses jambes, sans qu'elle s'y attende, une jouissance infinie se diffuse en elle lui arrachant un soupir d'extase et de contentement. Son corps bouleversé tremble d'émoi. Elle jouit dans un râle de joie par la seule force de leurs regards posés sur elle qui assistent à sa complète reddition.

Mais les hommes n'en ont pas encore fini avec elle. De nouveau, ils l'entourent. En silence, l'un d'eux lui tend la coupe remplie du liquide mordoré. Non ! ils ne peuvent pas lui demander cela ! Elle le regarde, offusquée, mais d'un bref mouvement de tête, l'homme lui intime de s'en saisir. Puis il rejoint le cercle. Lentement, elle porte la vasque à ses lèvres, l'incline et commence à boire son urine encore tiède. D'un même mouvement, les cinq hommes l'arrosent alors de leur pisse.

Enfin, les hommes la libèrent de ses liens. Une douleur fulgurante la transperce quand on lui ôte les pinces et que le sang afflue à nouveau dans ses mamelons tuméfiés. Mais aucune plainte ne lui échappe. Elle est à cet instant au-delà de toute souffrance perceptible. Son corps n'est que sensation et volupté. Elle est de nouveau complètement nue. À tour de rôle, chacun des cinq individus s'incline devant elle comme ils le feraient devant une déesse qu'on vénère. Avec un respect qui lui fait monter les larmes aux yeux, ils lui baisent le bout des doigts avant de se retirer et sortir de la pièce.

Un des hommes est malgré tout resté en arrière. Tendrement, il lui saisit la main et la mène dans une petite salle mitoyenne aménagée en cabinet de toilette et où sont soigneusement disposés ses vêtements. Puis il se retire à son tour.

Lentement, comme aux sorties d'une transe, elle se douche et se rhabille. Puis, toujours sur un nuage de sensation, elle quitte cette maison. Elle se rend compte que depuis son arrivée aucun mot n'a été échangé. Non plus que leur visage, elle ne connaît pas la voix de ces cinq hommes qui l'ont définitivement déflorée de ses dernières pudeurs.

Les plaisirs de Laura

Le corps de Laura se tendit imperceptiblement quand elle entendit le pas lourd de Philippe s'approcher lentement derrière elle. Elle en ressentit un soulagement mêlé d'une crainte diffuse. Lorsqu'elle était arrivée, transpirante et haletante d'avoir couru malgré la chaleur torride de peur d'être en retard, sans même lui laisser reprendre son souffle ou lui proposer un rafraîchissement, d'un geste péremptoire il lui avait indiqué la direction du salon. Il lui avait ordonné de se déshabiller complètement et de s'agenouiller, mains sur la tête, à même le carrelage face à la fenêtre grande ouverte.

Cela faisait maintenant de longues minutes, peut-être une demi-heure, qu'elle était dans cette position dans la pénombre de cette pièce dépouillée de tout meuble à attendre le bon plaisir de Philippe. Les muscles de ses bras étaient ankylosés et une douleur lancinante vrillait ses genoux. Mais pas question de protester. Et encore moins de bouger. Elle devait endurer sans une plainte cette interminable attente qui faisait partie de ce jeu cruel auquel elle se soumettait. Patiemment, dans une immobilité parfaite qui l'avait mise au supplice, elle avait donc attendu que Philippe daigne, enfin, se soucier d'elle. Elle l'avait entendu vaquer à ses occupations, aller et venir dans l'appartement, déplacer des objets, téléphoner aussi. Avec envie, elle l'avait écouté ouvrir le frigidaire et se servir un verre d'eau fraîche avait-elle supposée. Elle avait si soif ! Si chaud ! Et il agissait comme si elle n'avait pas été là. Nue, à genoux à guetter sa venue, le corps moite de sueur, dans cette pièce surchauffée malgré les volets entrebâillés. Réduite à une attitude de chienne obéissante qui attend le bon plaisir de son maître. Mais c'est ainsi qu'il la voulait. Docile. Prête à tout supporter. Soumise à ses désirs.

Souvent, elle se demandait ce qui la poussait à accepter cette situation. Plus, à la désirer au plus profond d'elle-même. Comme quelque chose à laquelle elle n'avait pas la force de se dérober. Quel plaisir quelqu'un de sensé pouvait-il éprouver, s'interrogeait-elle, à être traité de la sorte ? À être humiliée, battue, souillée. Chaque fois qu'elle le quittait, le corps fourbu, elle se disait qu'elle ne reviendrait plus. Que cette fois, il était allé trop loin ! Qu'elle n'était pas ça... une chose dont on use et abuse ! Et puis, au premier appel, elle accourait. Fébrile. Impatiente. Heureuse de le revoir. Oui, vraiment se dit-elle avec amertume, elle n'était pas normale ! Mais elle ne pouvait pas s'en passer. Ce qu'elle éprouvait lors de chacune de leur rencontre était si fort...

Un tressaillement, appréhension et plaisir intimement mêlés, la parcourut quand elle entendit enfin la porte s'ouvrir et que les mains de Philippe se posèrent affectueusement au creux de ses reins. Mon Dieu ! songea-t-elle, il avait bien l'art et la manière de faire fondre toute rébellion en elle. Elle se détendit sous le frôlement léger de la paume fraîche et câline qui glissait presque amoureusement le long de son dos en une caresse d'une insupportable et ineffable douceur. Comme une chatte lascive, le corps de Laura ondula et un sourire de bien-être illumina son visage. Philippe savait se montrer si tendre quand il le voulait ! Peut-être que ce soir, se contenterait-il de la cajoler et de la mener au somment de la volupté. Peut-être que ce soir, se satisferait-il de ses cris de jouissance éperdue ! Puis les doigts s'immiscèrent au creux de la raie de ses fesses, s'arrêtèrent un bref moment au bord de son anus afin d'en tâter l'élasticité, griffèrent du bout des ongles les bourrelets sensibles qui l'entouraient puis continuèrent leur périple vers son vagin. Sous l'attouchement, Laura, les sens en éveil, sentit un premier frémissement la parcourir. Le souffle en suspens, elle s'imprégnait de la caresse, attentive aux ondes de plaisir qu'elle faisait naître. Elle savourait la sensation de cette main qui s'appropriait en douceur son corps. Qui la fouillait de plus en plus intimement. Elle se cambra pour faciliter le passage des doigts et retint à grand peine un gémissement de plaisir quand ceux-ci effleurèrent, comme par inadvertance, son clitoris palpitant. Trop tôt ! Cela non plus elle ne devait pas le montrer. Du moins pas avant que Philippe ne lui en donne l'autorisation. Les doigts s'insinuèrent entre ses lèvres charnues et firent jaillir de son vagin maintenant agité de spasmes incontrôlables, une vague d'humidité dont les effluves musqués vinrent chatouiller leurs narines. Elle se mordit les lèvres. C'était si bon ! Jamais encore Philippe ne lui avait prodigué une caresse d'une telle sensualité. Elle se sentit s'envoler, oublia la douleur de ses genoux et de ses bras. S'abandonna, heureuse et frémissante, au plaisir insidieux que les doigts lui dispensaient. Maintenant, quoiqu'elle y fasse, elle ne pouvait contenir ses gémissements. D'une voix tenue, elle supplia Philippe de continuer. Lui dit son bonheur. Son plaisir. Elle savait qu'elle n'aurait pas dû. Mais il lui était impossible de retenir ces mots qui jaillissaient d'elle, irrépressibles. Philippe ne sembla pas y prêter attention.

Il appuya sur ses épaules et la fit, jambes largement écartées, s'allonger à même le sol carrelé qui lui procura une fraîcheur bienfaisante. Elle le sentit titiller son clitoris en un mouvement tournant qui la fit défaillir de bonheur et lui arracha un premier râle. Son plaisir coulait en un flot impétueux le long des doigts qui s'introduisaient maintenant d'une lente, mais impérieuse poussée dans la fente parfaitement lubrifiée de son vagin. Son cœur s'emballa lorsque la main poussa plus fort, l'élargit puis s'engouffra lentement, mais inexorablement en elle, distendant les parois délicates de son sexe. De sa main demeurée libre, Philippe continuait d'exciter par intermittence son clitoris la faisant surfer à la crête d'une vague de désir indomptable qui lui ôtait toute possibilité de résistance. Qu'il n'arrête pas, songeait-elle. Pas maintenant. D'elle-même sans qu'il ait besoin de l'y inciter, elle écarta davantage les cuisses afin de faciliter l'intromission de la main tout entière. Elle ressentit une sensation de vertige d'être ainsi pourfendue, pénétrée, emplie. Le plaisir comme un gouffre sans fond qui l'attirait irrésistiblement de toute sa force d'attraction. Son sexe béant était prêt à éclater. La jouissance était si proche. Comme une bombe sur le point d'exploser. Elle se sentait détendue. Heureuse. Comblée. Tout son être concentré sur cette partie de son anatomie que Philippe continuait, imperturbable, à exciter avec art. Sa main enfoncée en elle, il dosait sa caresse et jouait de ses doigts à l'intérieur de son corps frémissant pour toujours différer la jouissance tant espérée. Il faisait naître en elle des sensations inédites empreintes d'attente et de frustration. Il prenait une satisfaction perverse à la voir se torde, se tendre, le supplier de la laisser enfin jouir jambes maintenant haut relevées au-dessus d'elle. C'était trop fort ! Elle n'en pouvait plus ! Le désir lui avait perdre toute retenue et toute décence. Tout son corps vibrait au diapason des doigts de Philippe. Elle sentait son clitoris fièrement érigé durcir et palpiter de plus en plus fort et son vagin se convulser en contractions douloureuses sur la main qui l'emplissait, l'enserrant dans un étau de chair. Un battement irrépressible vrillait au creux de ses reins. L'entraînait vers un orgasme maintenant imminent. Tout proche... Laura haletait... La jouissance était là... prête à l'emporter...

Perfidement, Philippe appuya sur sa vessie ce qui déclencha en Laura une incoercible envie d'uriner. Non pas ça, songea-t-elle soudain affolée. Pas maintenant ! Elle voulait jouir. Elle gémit de dépit. À toute force, elle se contracta, essaya en vain de retenir le flot de son urine. Mais elle n'y put rien et sous la pression des doigts de Philippe, elle sentit un flux tiède jaillir et dégouliner le long de ses fesses et se répandre en une flaque odorante entre ses jambes. Elle en conçut une mortification profonde et éprouva vis-à-vis de son Maître un bref sentiment de ressentiment pour lui infliger cette humiliation et lui avoir refusé la jouissance que tous ses sens réclamaient.

Puis elle oublia emportée par le flot de sensations que la main toujours plantée en elle diffusait dans tout son corps. Elle avait pissé. Quelle importance ! Seul comptait le plaisir qui vrillait en ondes de plus en plus fortes le long de sa colonne vertébrale. Une chaleur insupportable l'envahit. Elle ferma les yeux, subjuguée par ce qu'elle ressentait. De longs râles jaillissaient de sa gorge. De toutes ses forces, elle essaya de retenir cette houle de plaisir brut qui la submergeait puis s'abandonna vaincue à la jouissance. Un cri mi d'étonnement mi de frustration lui échappa quand ses cuisses furent transpercées d'une douleur cinglante alors qu'en même temps, les doigts vénérés la délaissaient brusquement faisant naître en elle une vertigineuse sensation de vide. D'un geste impérieux Philippe lui enjoignit de se relever de lui présenter ses fesses.

Une deuxième fois, la badine retomba cuisante sur la croupe offerte et y dessina une empreinte écarlate qui emplit Philippe d'aise. Ainsi donc, elle avait pensé qu'il allait la laisser jouir en toute impunité ! C'était mal le connaître ! Pas question ! Du moins pas encore. D'abord, il voulait la voir souffrir, ramper à ses pieds. L'implorer de lui pardonner cette jouissance avortée qu'il s'était pourtant évertué à faire jaillir. Il aimait tellement cette sensation de pouvoir absolu qu'il éprouvait quand elle était ainsi disposée devant lui, fesses tendues à attendre le prochain coup. Ne cherchant même pas à s'en défendre. À seulement le supplier, toute pudeur oubliée, de la laisser jouir. Que, promis, la prochaine fois, elle saurait se contenir ! Qu'il pouvait... non qu'il devait la punir pour s'être conduite comme une chienne en rut. Mais qu'il ne la laisse pas ainsi, avec ce besoin qui la rendait folle ! Il ressentit en lui son angoisse à anticiper la fulgurance diabolique de la badine sur ses fesses et il en éprouva une satisfaction incommensurable. Pourtant, si on le lui avait demandé, il aurait nié en toute bonne foi, être cruel. Il ne s'agissait pas de ça. Loin de là. Laura aimait, quoiqu'elle en dise, au moins autant que lui si ce n'est plus, les souffrances qu'il lui infligeait. La douleur était le pendant du plaisir. Ni lui ni elle, ne pouvait les concevoir l'un sans l'autre. Magie des contraires qui s'attirent et s'exacerbent. Il savait aussi qu'elle comprenait qu'il ne pouvait agir autrement avec elle. Qu'il ne pouvait accepter le moindre manquement aux règles qu'ils avaient instituées entre eux ! Il recula d'un pas et de nouveau fit siffler la fine tige de bambou qui retomba sauvagement sur les fesses offertes et arracha un cri aigu de détresse à Laura brutalement ramenée à la dure réalité. Philippe sentit son sexe durcir et se tendre dans son pantalon. Oui, il aimait cela. User à sa guise de cette femme qui s'offrait. Il aimait ses cris de souffrance au moins autant que ses gémissements de plaisir. Il aimait voir son corps tressauter à chacun des coups sans, toutefois, se dérober.

Cinq, six, dix fois, la baguette zébra impitoyablement les fesses et y dessina un treillage de fines stries rouge violacé. Toute la joie de Laura avait maintenant disparu laissant place à une intense concentration. Une douleur cuisante échauffait ses cuisses. Un geignement continu sortait de ses lèvres serrées. Pourtant à aucun moment, elle n'esquissa le moindre geste de défense. Stoïque, elle reçut la punition méritée faisant appel à toute sa détermination pour ne pas bondir et échapper à ce déluge de feu qui incendiait ses reins et la faisait sangloter éperdument. Mais pour rien au monde, elle n'aurait voulu être ailleurs. Bien sûr, elle avait mal. Mais cette douleur éveillait en elle un brasier incandescent d'une intensité qu'aucune caresse, aussi douce fût-elle, n'aurait pu engendrer. Chaque parcelle de sa chair vibrait. Philippe la regardait qui se dérobait et s'offrait tout à la fois, le corps ondulant de souffrance et de plaisir mêlés, émerveillé d'un tel abandon. Mécaniquement, son bras se soulevait et retombait marbrant la peau délicate de sillons écarlates. Chaque coup qu'il lui assenait augmentait son excitation et il sentait son pénis pulser de plus en plus violemment. Parfois, il retenait son mouvement, laissait la badine en suspens dans les airs se contentant de la faire siffler. Se délectant du spectacle du corps tremblant de Laura qui se contractait dans l'attente de la flagellation imminente. De ses gémissements d'appréhension. Puis son bras retombait et la badine inscrivait dans la chair de Laura sa marque écarlate et la faisait tressauter de douleur. Il était le maître de ce corps qui s'offrait, se donnait. Il pouvait tout. Il savait qu'elle ne pouvait rien lui refusait.

Quand il y pensait, ce pouvoir qu'il avait sur elle l'effrayait. Où était la limite ? Et il se sentait investi d'une énorme responsabilité.

Aussi soudainement qu'il avait commencé, il arrêta la flagellation et fit basculer en avant le torse de Laura. Instant de silence et de calme. Moment hors du temps dont le souvenir plus tard les fera frissonner de félicité. Équilibre ultime des contraires qui convergent et s'harmonisent dans un accord parfait. Tous deux étourdis par des sensations trop riches pour en être rassasiés et dont le trop-plein se déversait en larmes tièdes sur les joues de Laura. Il leur semblait flotter, détachés de toute contrainte, comme s'ils avaient absorbé une dose létale de bonheur. Philippe s'approcha davantage. La prendre ainsi, le corps encore parcouru de frémissements. Le visage baigné de larmes. Laura geignit doucement quand Philippe plaqua ses paumes sur la chair moite et sensible de ses hanches. D'un mouvement de possession farouche, il la ramena vers lui et, d'un seul coup de reins, l'encula de son sexe tendu. Laura poussa un léger cri et expira profondément lorsque la verge épaisse perfora son entrée étroite. Mais à aucun moment, elle ne tenta d'échapper au pieu qui pourfendait ses reins. Philippe ressentit une jubilation intense à s'enfourner dans la chair ferme et douce du cul obéissant et docile de Laura qui montait à sa rencontre, d'y être aspiré tout entier et s'y perdre. Longtemps, les mains fermement accrochées à ses hanches, il la fit aller et venir le long de son sexe. Labourant sans retenue ses reins. L'empalant de plus en plus profondément. Se délectant de son étroitesse. Caressant du bout de ses doigts les traces pourpres laissées par la badine. Il sentait Laura s'épanouir sous ses coups de reins virulents. S'ouvrir. L'envelopper et l'emprisonner dans l'étroit fourreau de sa gaine anale. De nouveau, ses plaintes changèrent de tonalité. Devinrent roucoulements de bonheur. Pressé par une urgence qu'il ne tentait plus de maîtriser, Philippe fouilla plus avant les entailles de Laura et accéléra follement la cadence. Culbutant les derniers obstacles qui lui barraient la route, il se fraya un passage jusqu'au cœur du corps de Laura qu'il sentait vibrer sous lui. Corde tendue prête à se rompre. Alors, il jouit en elle et emplit le ventre affamé de son foutre.

Lorsqu'enfin il se dégagea, Philippe se sentit vidé, ivre des sensations qu'il venait d'éprouver. Il jeta un dernier regard sur le corps pantelant de Laura qui reprenait lentement ses esprits.

Puis, il lui enjoignit de se rhabiller et de partir, le corps ruisselant de sueur, les fesses brûlantes des coups reçus, le cul béant et poisseux de son sperme et les cuisses souillées de son urine. Il voulait l'imaginer ainsi rentrer chez elle et retrouver la douce quiétude de son foyer encore empli de lui.

Laura lui sourit et partit.

Domination

C'est le milieu de l'après-midi c'est-à-dire l'heure où la plupart des gens travaillent ou vaquent à leurs occupations quotidiennes. Nous, nous avons décidé de voler ces heures et nous les approprier. Nous nous sommes donné rendez-vous dans un hôtel de la périphérie de Marseille. J'y suis parvenu avant elle. Une façon pour moi, du moins c'est ce que je croyais, de dénouer le nœud d'anxiété qui me tord le ventre et retrouver un semblant de calme. Je n'aurais pas aimé, pour cette première fois, arriver après elle. Quoiqu'en y repensant, l'obliger à m'attendre n'aurait pas été finalement une si mauvaise idée. Quoi qu'il en soit, je suis arrivé le premier. Et c'est moi qui m'angoisse à la pensée que peut-être, après réflexion, elle a changé d'avis. Je guette sa voiture par la fenêtre de la chambre et me tords le cou pour apercevoir l'entrée du parking. Bien sûr, je ne la vois pas arriver et, quand j'entends toquer doucement à la porte, je sursaute violemment. Elle est là. Devant moi. Habillée d'un élégant tailleur en lin crème qui met en valeur son corps aux formes voluptueuses que je rêve d'étreindre depuis si longtemps.

Un moment, nous restons indécis l'un devant l'autre. Puis, je me décide et la prends dans mes bras. Son corps souple s'alanguit contre le mien alors que je l'enlace étroitement. Nos bouches se trouvent sans s'être vraiment cherchées et nous échangeons notre premier véritable baiser. J'ai comme un choc quand sa langue s'enroule autour de la mienne et que ses seins s'écrasent contre ma poitrine. Soudain, je sens mes résolutions fondre. Désespérément, je me demande comment je vais bien arriver à faire ce que nous avons décidé. Trouverai-je en moi la force nécessaire de la contraindre, l'humilier, la blesser ? Pour l'heure, je n'ai envie que de la câliner.

Difficilement, je me détache d'elle et lui ordonne de se dévêtir. D'ôter la guêpière en délicate dentelle, les fins bas de soie grège, les escarpins à hauts talons, tous ces atours qu'elle a soigneusement choisis, je le sais, pour me complaire et me séduire. Je la veux ainsi. Complètement nue. Sans aucun de ces apprêts qui sont autant de défenses et d'obstacles. Totalement à ma merci dans la vulnérabilité de sa nudité alors que moi je reste entièrement vêtu. Elle paraît surprise par ma demande. Mais elle s'exécute sans un mot. Docile à mes souhaits. Elle se déshabille lentement. Dispose soigneusement un à un ses vêtements sur le dossier d'une chaise. Comme à regret. Comme si elle désirait inconsciemment retarder l'instant où elle se retrouverait démunie et désarmée devant moi. Je la regarde faire. Séduit par la grâce féline de ses mouvements. Un moment, elle reste debout, ses mains ramenées en croix sur son pubis dans un futile geste de pudeur qui m'émeut plus que je ne le voudrais. Puis, à ma demande, elle s'accroupit au centre du lit et m'offre le spectacle de son corps somptueux de femme dans la plénitude de sa maturité.

Son corps bronzé aux courbes plantureuses se détache bien sur le blanc immaculé du drap qui seul recouvre la couche. Les minces rayons de soleil qui s'infiltrent entre les interstices des volets clos, font chatoyer sur sa peau dorée des reflets irisés. Sa tête est enfouie entre ses bras. Ses reins sont cambrés. Ses fesses bien relevées et offertes. Ses jambes légèrement entrouvertes me laissent deviner, entre la fente sombre de son sexe parfaitement épilé, le renflement pulpeux de ses lèvres. Je m'extasie sur la finesse de sa taille qui s'évase en corolle sur ses hanches larges qui s'épanouissent sur l'arche de ses cuisses aux rondeurs pleines. Un corps à la fois robuste et gracieux. Souple et solide. Un corps que l'on a envie de pétrir, malaxer, palper, mordre, embrasser, caresser... Un corps que l'on devine fait pour l'amour.

De légers tressaillements parcourent son dos cuivré par le soleil. À part cela, elle n'esquisse pas le moindre mouvement. Seule sa respiration haletante, signe tangible de son émotion, brise le silence qui nous entoure. Je suis derrière elle et je l'observe sans un mot. Je sais que, l'oreille aux aguets, elle épie chacun de mes gestes et essaye de deviner ce que je vais faire. Aussi je ne bouge pas. Reste muet. Faisant augmenter la tension qui crispe ses muscles.

Je joue de cette attente dont, il faut bien l'admettre, je profite. Comment lui avouer que j'ai soudain aussi peur qu'elle? Que l'angoisse me noue le ventre à me donner la nausée. Qu'en s'offrant ainsi sans aucune restriction, elle me fait douter de ce que je veux vraiment! Sa peau si douce me paraît si fragile. Son abandon est si confiant. Comment me résoudre à la blesser ? Soudain, je ne sais plus ce dont j'ai réellement envie. Si j'aurai le courage de réaliser ce fantasme que j'ai en moi depuis si longtemps et que nous partageons. Surtout si je saurai me montrer à la hauteur de son attente. J'ai la hantise de la décevoir. D'être trop violent. Ou trop doux. Comment savoir ? Comment doser mes gestes ? Arriverai-je reconnaître les signes ? Je me sens soudain investi vis-à-vis d'elle d'une redoutable responsabilité qui me fait hésiter.

Quand j'y pensais et que je bandais en m'imaginant attacher et fesser une femme consentante que je soumettrai à ma loi d'homme, cela me semblait si facile. Si tentant. Nous en avons longuement discuté ensemble et avons, sans pudeur malvenue, échangé nos fantasmes réciproques. Elle désirait être soumise, moi dominer ! Cela paraissait si simple ! Mais là.... Au moment de franchir le pas, l'énormité de la chose me retient. Les mots deviennent réalité et je me sens envahi par une soudaine timidité qui me paralyse. Pourtant, je sais qu'elle désire cela autant que moi. J'ai en mémoire la confidence des secrets jusqu'alors inavoués que nous avons partagés. Il me semblait si miraculeux d'avoir rencontré une femme comme elle, si proche de mes fantasmes. Prête à m'accompagner sur cette voie qu'il me paraissait, jusque-là, si improbable d'arpenter un jour. Nous en avons si souvent parlé. D'abord à demi mots. Par allusion. Puis peu à peu, plus ouvertement. Jusqu'à s'avouer franchement que si moi j'avais le désir profond de soumettre complètement une femme, elle, de son côté, avait le désir de se plier à la volonté d'un Maître. Et cet après-midi, elle est venue, confiante, vers moi qui lui ai promis, avec une assurance que je n'ai plus, de lui prodiguer, ainsi qu'elle le désire ardemment, les pires infamies.

Maintenant, à cet instant précis, tout en moi, me pousse à la prendre dans mes bras. À l'embrasser. La caresser. La faire gémir de bonheur et de bien-être. L'aimer comme un amant ordinaire. Me perdre dans son corps si doux. Mais elle n'est pas venue pour cela. Pas question pour moi de la décevoir. Pas question pour moi de reculer maintenant. J'ai trop attendu cet instant.

Je me décide enfin à avancer vers elle. Sous mon pas, le plancher a craqué. Au bruit, son corps a tressailli, mais elle a gardé la position. Seul son souffle s'est légèrement précipité. Lentement, je passe ma main le long de son dos, m'émerveille de la douceur satinée de sa peau chaude, la fais glisser au creux de ses reins qui se cambre imperceptiblement, m'enhardit entre sa raie culière. M'y arrête un moment, tâtant du bout des doigts l'orifice étroit de son anus que je sens, craintif, se rétracter. Je me promets d'y revenir tout à l'heure et de l'ouvrir. Mes doigts fiévreux s'immiscent dans la fente de sa chatte. J'ai un brusque sursaut en y découvrant une abondante onctuosité qui ne laisse aucun doute sur l'intensité de son excitation. Elle est trempée. Ruisselante de sève. J'enfonce mes doigts plus loin en elle, lui fais écarter davantage les cuisses pour faciliter le passage. Mes doigts se noient dans le suc qui huile son sexe brûlant. Sensation vertigineuse qui me fait immédiatement bander. De nouveau, un sentiment de tendresse m'envahit. J'ai envie de m'agenouiller entre ses jambes et aller boire à cette source tumultueuse qui jaillit d'elle qui attise ma gourmandise. Trop tôt. Je crois que je ne pourrais pas me retenir et que je jouirais sans plus attendre. Je l'entends qui gémit doucement de contentement alors que mes doigts triturent tendrement son clitoris que je sens durcir. Trop tôt aussi. Ce n'est pas non plus encore le moment pour elle de jouir. Je retire ma main. J'entends son faible jappement de frustration quand mes doigts la délaissent. Que faire maintenant ? Y aller lentement ? Impossible pour moi à me résoudre de fesser tout de suite sa croupe pourtant si tentante. Encore moins d'utiliser le martinet posé sur la commode que j'ai acheté tout exprès pour elle et qu'elle a remarqué, je m'en suis aperçu au furtif tressaillement de son visage, lorsqu'elle a pénétré dans la chambre. Ni bien sûr les pinces, acquises aussi tout spécialement pour cette occasion. Je suis sûr que la vision de cet attirail du parfait dominateur qui pourtant va la faire souffrir, n'est pas étrangère à son émoi. Y penser décuple d'ailleurs également mon désir et je sens une pulsation étreindre mon sexe qui gonfle démesurément dans mon pantalon. Une sourde chaleur m'envahit qui fait refluer la timidité que je ressentais il y a un instant. Je retiens à grand peine l'impulsion de me défaire immédiatement de mon pantalon et de m'engouffrer sans plus attendre en elle et labourer ses reins qu'elle offre si obligeamment à ma concupiscence.

Du coin de l'œil, je remarque ses bas au pied du lit. Je m'en saisis.

D'un geste assuré, je la fais se redresser à genoux. Puis je lui tords les bras en arrière sans me soucier de la douleur que j'allume dans ses épaules. Du moins, pour être franc, j'essaye de ne pas m'en soucier. Rapidement, je noue étroitement autour de ses fins poignets un des bas. Je me sers de l'autre comme d'un bâillon que je lui enfonce dans la bouche. Elle me regarde. Les yeux brillants. Je me dis que je ne dois pas admettre ce regard qui se lève confiant et assuré vers moi. Une soumise se doit de garder les yeux baissés devant son Maître ! Je le lui notifie tout en lui assenant une première gifle. Légère. À peine un soufflet. Elle me toise, incrédule. Son regard a brusquement perdu de son assurance. De nouveau, je la gifle, plus violemment, et fais basculer son visage en arrière tout en lui disant d'un ton que je m'astreins à rendre aussi dur que possible :

— Baisse les yeux devant ton Maître, sale chienne !

Les mots ont jailli... presque naturellement. J'en suis étonné... Mais en éprouve une intense jubilation ! J'ai franchi un premier pas et non le moindre !

Sa joue a rosi sous le choc de la gifle. J'ai soudain honte de ce que je viens de faire, mais, domptée, elle abaisse son regard. Je suis le premier surpris par cette première victoire sur elle et sur moi qui me donne confiance. Je me recule et je la contemple un moment, agenouillée sur le lit, ses bras liés dans son dos, ses seins opulents et lourds tendus en avant. Son visage est maintenant incliné vers l'avant dans une attitude sans ambiguïté de soumission. Je me demande ce qu'elle est prête à subir et à endurer. Mais peu importe. C'est moi qui décide. C'est la règle de ce jeu.

Je prends les pinces sur la commode. Il s'agit en fait de deux chaînes en acier reliées en croix par un mousqueton auxquelles sont accrochées, aux quatre extrémités, de lourdes pinces. Une troisième chaîne peut être attachée au mousqueton et permet, à l'instar d'une laisse, de tirer commodément sur les quatre pinces une fois mises en place. On peut aussi, m'a-t-on expliqué, y suspendre des poids. Je n'ose imaginer le supplice que cela doit occasionner. Plus tard peut-être... Pour le moment, le novice que je suis en matière de domination serait totalement incapable de la contraindre à subir cela. Les pinces me paraissent une torture amplement suffisante !

Hier au soir, sitôt après les avoir achetées, je les ai essayées sur mes propres tétons et je sais la blessure qu'elles génèrent quand elles se referment sur la chair fragile. J'ai quelques scrupules à lui faire endurer cela, mais cela aussi fait partie du jeu. Je saisis entre mes doigts son mamelon gauche que je malaxe un moment pour qu'il se dresse et durcisse. Je l'étire puis, sans plus réfléchir, y accroche une première pince. Sous son bâillon, je l'entends gémir quand elle emprisonne cruellement le fragile bourgeon de chair tendre. Sans lui laisser le temps de reprendre son souffle, j'exécute la même opération sur le droit. Quand les mâchoires se referment, le même geignement plaintif qui me met au supplice au moins autant, je dois bien l'admettre, qu'il m'excite extraordinairement, s'exhale de sa gorge nouée. Jamais je n'aurais cru possible d'éprouver autant de plaisir, autant d'excitation sexuelle, aussi incroyable que cela puisse paraître, à faire souffrir une femme et, surtout, à entendre ses plaintes. Je sens mon sexe bander douloureusement dans mon pantalon. Je ressens l'envie irrépressible de le dégager et de l'engouffrer dans sa bouche ou son vagin afin de me libérer de la tension qui m'habite, mais qui est le pendant nécessaire de la souffrance que je lui inflige. Je tiens les lourdes chaînes dans mes mains. Un moment, j'hésite. Je pense au poids... à mes scrupules qui soudain me paraissent vains... Alors, je les lâche brusquement étirant brutalement par leur masse les tétons enchâssés par les pinces. Un cri étouffé par le bâillon s'échappe de ses lèvres et elle esquisse un mouvement instinctif de recul. En réponse, une onde de plaisir pulse dans mon pénis qui durcit et se tend. Je vois ses bras s'agiter comme si elle voulait se libérer des liens qui les emprisonnent. Peut-être suis-je allé trop vite ? Un moment, j'ai la tentation d'arrêter là la séance. Mais non... cela signifierait, j'en suis certain, que jamais plus nous n'oserions recommencer quitte à le regretter amèrement. Je dois continuer. La forcer à accepter ce que je lui impose. Pour elle, pour moi ! Ma volonté s'affermit. Alors, faisant fi de toute hésitation, je lui assène une troisième gifle beaucoup plus appuyée que les précédentes et lui dis :

— Je ne t'ai pas autorisée à bouger, chienne ! À moins que tu ne sois pas capable d'aller plus loin... et qu'à la première épreuve tu capitules....

Malgré mon interdiction, elle lève ses yeux brillants de larmes contenues vers moi et essaye dans un bafouillement que son bâillon rend incompréhensible de me dire quelque chose. Je le lui ôte.

— Alors, à peine commencé, tu veux déjà t'arrêter ? continué-je d'un ton dur et méprisant. Tu es très décevante... Après tout ce que tu m'as avoué, je m'attendais à beaucoup mieux...

— Non, balbutie-t-elle d'une petite voix pitoyable, bien sûr que non... ce n'est pas ça. Mais tu m'as fait mal et...

Sans lui laisser le temps de continuer, je lui administre deux gifles retentissantes en aller-retour qui font virevolter son visage de gauche à droite tout en lui assenant :

— Première chose, interdiction absolue de me tutoyer. Tu te prends pour qui espèce de salope ! Deuxième chose quand tu t'adresses à moi, tu me dis Monsieur. Troisième chose, d'après toi tu es venu pourquoi ici ? Si c'est pour une simple partie de jambes en l'air dont tu me sembles d'ailleurs coutumière sale pute, tu t'es trompée d'adresse. Je croyais pourtant qu'on s'était bien mis d'accord. Donc, ou tu te laisses faire sans te plaindre et nous continuons ou tu décides d'arrêter, mais alors tu ne me verras plus jamais. Je te détache et tu te casses ! Ce n'est pas plus compliqué ! À toi de choisir…

Je n'en reviens pas de m'entendre prononcer ces mots qui me ressemblent si peu, mais qui jaillissent de moi sans que je me force. Je suis en effet, dans la vie courante, quelqu'un d'assez doux et affable et il ne me viendrait jamais à l'idée de parler sur ce ton dédaigneux et cruel à qui que ce soit. Mais, au fur et à mesure que les mots sortent de ma bouche, je me laisse prendre au jeu et ressens un plaisir qui me trouble et me met au moins aussi mal à l'aise qu'il me satisfait. Suis-je donc cela également ? Cet homme froid et sévère qui bande à entendre une femme gémir de douleur et d'humiliation. Je ne me reconnais plus. Oui, j'ai envie d'insulter cette femme qui me regarde maintenant d'un air suppliant. Oui, j'ai envie de la faire plier. Voir ses larmes couler. J'ai envie d'user de son corps à ma convenance, de le modeler, l'ouvrir, l'écarteler, l'empaler. Le forcer. Impossible pour moi de la voir partir ainsi que je lui en ai laissé le choix. Une angoisse soudaine me tenaille. Quelle frustration si elle disait stop ! Je suis un imbécile de lui avoir donné cette liberté ! Mais pouvait-il en être autrement ?

Un moment, elle garde le silence. De nouveau, son visage s'est incliné en avant. Je la vois se mordre les lèvres. Indécise. Sa poitrine se soulève rapidement sous son souffle court. Je ressens ses craintes, elles sont les mêmes que les miennes, les pensées contradictoires qui s'entrechoquent dans sa tête.

Je la regarde fixement, anxieux de sa décision définitive. Je n'ose plus rien dire. Ne plus rien faire. L'instant s'éternise. Nous sommes à la frontière. Elle seule a le pouvoir du choix. Car s'il y a une chose de certaine c'est que jamais quoique je puisse dire, je ne la contraindrai contre sa volonté. Je suis prêt à lui faire subir les pires tortures, mais tout autant qu'elle le veut, elle. C'est ainsi ! Je pressens qu'il ne peut, de toute façon, en être autrement.

Enfin, elle relève la tête. Jamais une femme ne m'a paru aussi belle ni aussi désirable qu'ainsi agenouillée, le teint rosi par l'émotion, des chaînes se balançant entre ses seins, ses tétons démesurément étirés vers le bas. Je ressens dans ma chair la douleur qu'elle doit éprouver et qui la fait haleter. Dans ses yeux brille une lueur étincelante de détermination.

— Je veux continuer Monsieur, dit-elle enfin d'une voix que la tension fait chevroter. Vous décevoir reviendrait à me décevoir aussi et cela est inenvisageable. Et puis j'ai trop envie même si cela me fait peur.

— Tu en es sûre ?

— Oui Monsieur, me répond-elle d'un ton plus assuré. J'en suis sûre. Continuez comme bon vous semble. Je suis prête.

— Bien. Nous allons malgré tout convenir d'un code. Si tu veux que je m'arrête, tu n'auras qu'à me dire le mot « mauve », mais j'espère, bien sûr, ne pas l'entendre. Tu sais ce qu'il signifierait…

— Je comprends Monsieur. Je ne le dirai pas, je vous promets. Allez-y, faites ce que vous voulez de moi.

Il me semble que le poids énorme qui pesait sur ma poitrine m'est soudain ôté. Elle a dit oui ! Je me remets à respirer normalement. Pour un peu, je la prendrais dans mes bras et l'embrasserais pour le cadeau merveilleux qu'elle vient de me faire en s'abandonnant ainsi. Mais au lieu de cela, je lui ordonne :

— Alors, écarte tes cuisses de salope que je puisse poser les deux pinces qui restent sur ton clito.

Sans un mot, elle s'exécute et écarte au maximum ses cuisses fuselées dans une position dont je soupçonne tout l'inconfort, mais que j'amplifie en pesant sur elles pour les élargir encore davantage. Puis je me penche vers elle. Les effluves suaves de son corps envahissent mes narines et me font tressaillir d'excitation. Mes doigts écartent sans ménagement ses lèvres mouillées de cyprine afin de dégager son clitoris sur lequel je referme les deux dernières pinces. Pour y arriver, je suis obligé de tirer ainsi que je l'avais prévu, sur la chaîne relativement courte accrochée à celle qui meurtrit ses seins. Je la sens se crisper quand les pinces mordent la chair tendre de son bouton, mais elle ne bouge pas. Seul son halètement précipité exprime ce qu'elle ressent. Lorsque j'entends le geignement de douleur que j'espérais, une vague de plaisir me transperce et fait se tendre douloureusement ma queue comprimée par mon pantalon. Les quatre pinces ainsi agrippées, chacune de ses respirations va étirer soit ses tétons, soit son clito ce qui aura pour effet immédiat d'accroître et d'amplifier la sensation de pincement qu'elle éprouvera. Quoiqu'elle fasse, à moins de s'arrêter de respirer, elle aura mal ! Instinctivement, pour tenter de diminuer la douloureuse tension, je la vois se pencher en avant.

D'un mouvement autoritaire sur ses épaules, je la fais se redresser bien droite et l'observe ainsi harnachée, les yeux embués de larmes et les lèvres serrées pour retenir ses plaintes. Son visage, figé dans une expression d'intense concentration, se détend peu à peu et un léger sourire illumine ses traits d'un éclat radieux. Spectacle superbe dont je me repais de longues minutes et qui me fait oublier la souffrance que je lui inflige.

Je passe derrière elle et la fais se courber sur le lit. Un cri s'échappe de ses lèvres quand ses seins martyrisés par les pinces s'aplatissent sur le matelas. Mélopée délicieuse qui m'enchante et allume un feu incandescent au creux de mes reins. Je n'ai maintenant plus aucune retenue. Toute timidité a disparu. D'un geste assuré, j'empoigne le martinet. Je me positionne derrière elle et, méthodiquement, je commence à flageller les fesses qui se tendent vers moi. D'abord, je retiens la force de mes coups. Puis, peu à peu, alors que ses geignements s'amplifient, j'augmente leur intensité. À chaque fois que les lanières retombent marbrant la peau délicate d'une fine traînée rouge, je ressens comme un coup de poignard pulser au fond de mon ventre et remonter le long de ma colonne vertébrale avant d'éclater dans ma tête. J'ai la sensation que mon sexe est en feu, prêt à exploser. Je bande comme jamais. Je la frappe et c'est comme si je la pistonnais profondément et sentais ma queue enserrée dans le fourreau de soie brûlante de son vagin. Jamais je n'aurais osé imaginer une si grande extase. Je regrette fugitivement qu'une deuxième femme ne soit pas là à me sucer alors que je la fouette de plus en plus durement lui arrachant des cris qui me ravissent. Ses fesses ont pris une uniforme couleur brique zébrée de boursouflures grenat. Loin de m'arrêter, cette vision exacerbe mon excitation. Chaque flagellation dont j'alterne la cadence, la fait tressauter violemment. Parfois une rafale puissante et rapide qui la fait se tordre et hurler. Puis une série lente qui la fait haleter d'angoisse dans l'attente du prochain coup. J'en alterne aussi l'intensité faisant soit retomber vigoureusement les lanières sur sa croupe offerte soit au contraire les laisser glisser, presque indolores, entre ses fesses. Son corps s'affaisse, s'avachit. Mais elle arrive malgré tout à garder un équilibre précaire afin de ne pas trop peser sur ses seins. Ce qui me sidère, c'est qu'elle ne tente même pas de se soustraire de quelque façon que ce soit aux coups qui pleuvent drus sur elle. Fesse droite. Fesse gauche, creux des reins. Haut des cuisses. Ses plaintes se font plus poignantes. Plus déchirantes. Mais elle ne cherche pas à s'échapper. Au contraire, son corps se tend vers les courroies qui la fustigent cruellement. Aussi étrange que cela me paraisse, je dois bien me rendre à l'évidence qu'elle retire un plaisir au moins aussi grand que celui que je ressens, à être fouettée. Jamais, je n'aurais cru cela possible ! Cette constatation éteint en moi toute modération. Puisqu'elle aime cela, je vais lui donner, pour mon plus grand bonheur, ce qu'elle désire et qui la fait couler. La main que je viens de glisser entre ses cuisses ne me laisse aucun doute sur la réalité de son plaisir ! Je la fouette maintenant sans aucune retenue, totalement insensible à ses geignements de bête blessée. Parfois, une lanière s'immisce dans sa fente et atteint la zone si sensible de son vagin. Alors, un hurlement strident lui échappe qui accroît la transe érotique qui m'étreint tout entier et me fait oublier toute mesure. Mais hormis ses cris de douleur, le mot tant redouté ne franchit pas la frontière de ses lèvres. J'éprouve pour elle un intense sentiment de reconnaissance pour l'expérience merveilleuse que je vis grâce à elle et cette reconnaissance se traduit par des coups de plus en plus rapides. De plus en plus violents. Je ne suis plus moi-même. Envahi par une force qui me dépasse et qui guide mon bras. Je le flagelle inlassablement. Avec rage. Avec amour. Me délecte des soubresauts de son corps meurtri. Totalement insensible maintenant à ses plaintes. Jamais je ne me suis senti aussi proche d'une femme. Jamais je n'ai connu ce sentiment d'entrer véritablement en communion avec une femme. D'être uni à elle. Son corps est le prolongement de mon bras. Chaque coup de lanière résonne en moi et me flagelle en retour.

Quand enfin, je m'arrête, mon bras est douloureux. Une plainte discontinue sort de ses lèvres exsangues d'avoir été si fort mordues. Elle tremble. Son corps est parcouru de sursauts incoercibles. Je me sens moi-même rompu par la violence des sensations éprouvées et qui me laissent sans force comme après la jouissance quand on a l'impression de flotter, hors du temps, dans un brouillard cotonneux qui assourdit tout bruit hormis les battements assourdissants de son cœur. Un sentiment de honte m'envahit en songeant à ce que je viens de faire endurer à cette femme. Mais, quoique je puisse penser, je ne le regrette pas et je suis à peu près certain qu'elle aussi ne le regrette pas.

Quand je lui fais relever le visage, je me rends compte que ses joues sont inondées de larmes, mais un sourire extatique étire ses lèvres et dans ses yeux bordés de mauve brille une flamme sauvage. Mes derniers doutes volent en éclat. Elle est resplendissante malgré ses traits défaits par l'outrage qu'elle vient de subir. Elle a en fait le visage épanoui et serein d'une femme que la jouissance a transporté.

— Merci Monsieur, me murmure-t-elle d'une voix quasiment inaudible.

— Merci pourquoi ?

— Pour m'avoir fait jouir si fort.

Je la regarde stupéfait. Mais pas de doute, son visage reflète la plus parfaite exaltation. Elle a joui alors que je la lacérais de toute ma force d'homme. Elle a joui malgré la souffrance que je lui infligeais. Ou plutôt cette souffrance voulue et acceptée par elle en toute connaissance de cause l'a fait jouir autant qu'elle m'a procuré, à la lui imposer, d'ivresse. Je n'aurais pas cru cela possible. Je suis sidéré et reste un moment sans voix. Et moi qui avais des scrupules… Je sens une sourde colère m'envahir. Elle a joui alors que moi…

— T'ai-je donné le droit de jouir, espèce de chienne en chaleur ? lui dis-je en tirant durement sur les pinces qui enserrent toujours ses seins et son clito ce qui la fait grimacer de douleur.

— Non Monsieur, balbutie-t-elle piteusement.

— Alors de quel droit as-tu joui ?

— Je n'ai pas pu me retenir, Monsieur. Vos coups sur mes fesses…. C'était trop fort… Pardonnez-moi.

— C'est bien ce que je disais, tu n'es qu'une chienne en chaleur. Mais bon, j'accepte tes excuses. Mais uniquement parce que c'est la première fois. Dorénavant, je t'interdis de jouir sans mon autorisation formelle sous peine d'être punie. Tu as bien compris ?

Les mots me viennent maintenant avec aisance. Je n'en suis même plus étonné. Cela me semble être dans l'ordre des choses. Je me sens véritablement le Maître de cette femme qui me doit obéissance en tout. Je continue sur le même ton :

— Je veux que tu me dises très précisément ce que tu as ressenti ?

— Je… je ne sais pas vraiment, monsieur. C'est très bizarre.

— Mais encore, sois plus précise.

— Et bien, au début, j'ai eu mal et je ne pensais qu'à cette douleur qui effaçait toute autre sensation et puis…

— Oui…

— Puis… peu à peu, cela s'est transformé. J'avais toujours aussi mal et même de plus en plus comme si mon dos allait prendre feu, mais en même temps j'ai commencé à sentir…. mon sexe….

— Ta chatte de salope, la coupai-je abruptement

— Oui Monsieur, ma chatte de salope s'est mise à palpiter comme quand vous me caressiez…

— Branler…

— Comme quand vous me branliez, reprend-elle docilement, avec vos doigts et je me suis sentie toute mouillée…. toute chaude…

— Pareille à une chienne en chaleur !

— Oui Monsieur, pareille à une chienne en chaleur et plus vous me frappiez plus ma chatte coulait et plus j'éprouvais du plaisir. Monsieur, j'aurais tellement voulu vous sentir en moi…

— Sentir quoi en toi ?

— Votre… sex… queue monsieur. J'aurais voulu la sentir me…. défoncer mon… con…. de salope en même temps que vous me fouettiez. Et plus je pensais à ça et plus…. je me suis sentie partir…. et j'ai joui…. c'était terriblement bon Monsieur, et je vous suis infiniment reconnaissante.

— Et bien puisque tu as envie de ma queue, tu vas l'avoir, mais… dans ton cul de pute. Pour te punir d'avoir joui sans mon autorisation, je vais t'enculer sans aucune préparation. Tant pis pour toi. Ensuite, je giclerai sur ta figure de femelle en chaleur. Mais pour commencer, je veux que tu me suces. Mets-toi en position.

Docile, elle s'agenouille devant moi, yeux baissés et me présente sa bouche entrouverte alors que je me défais fébrilement de mon pantalon. Mon sexe d'une sensibilité extrême d'avoir été compressé tant de temps se détend brusquement et semble littéralement bondir vers les lèvres offertes. Sans plus attendre, je l'enfourne et m'enfonce profondément dans l'antre chaud et humide. Sa bouche est délicieuse et je m'y engouffre d'un seul mouvement jusqu'à la garde. Je l'empoigne par les cheveux, je me masturbe sans me préoccuper de ses spasmes nauséeux lorsque ma bite heurte sa luette. J'éprouve une sensation vertigineuse de me sentir tout entier englouti par cette bouche d'une terrible douceur qui m'accueille sans rechigner. Alors que j'amplifie mon va-et-vient, sa langue commence à s'activer, experte, le long de ma hampe, entoure mon gland, en titille l'extrémité. La salope ! si elle continue ainsi elle va me faire gicler en un rien de temps. Pas à dire, elle maîtrise parfaitement l'art délicat de la fellation ! Elle semble en plus en retirer un plaisir évident à entendre ses gémissements. J'accélère le mouvement, m'enfonce plus loin, bute le fond de sa gorge. Je l'entends hoqueter, perdre son souffle, mais sa langue continue son ballet diabolique autour de ma queue bouillonnante de sève prête à entrer en éruption. Je suis si profondément englouti au fond de sa bouche que mes couilles battent contre son menton trempé de salive. C'est terriblement bon et je suis sur le point de gicler sans plus attendre au fond de sa gorge si accueillante et l'inonder de mon foutre. À grand peine, je me retiens et me retire.

— Tourne-toi, lui ordonnai-je. Je veux ton cul maintenant.

Elle s'exécute sans un mot et tend vers moi ses fesses rebondies écarlates de la flagellation que je leur ai administrée. Je ne peux résister à la tentation d'assener une claque sonore sur chacune d'elle qui la fait se cabrer.

Sans être particulièrement monstrueux, mon sexe est d'une épaisseur conséquente et j'ai pour habitude de préparer longuement mes partenaires en les doigtant et les lubrifiant avant de les sodomiser. J'ai donc une brève hésitation quand je pose mon gland gluant de sa salive sur l'œillet fripé et serré de son cul. Scrupule que je fais taire tout en l'empoignant fermement par les hanches avant de m'introduire d'une poussée ferme et continue au creux de ses reins. Un moment, je sens la résistance de son anneau culier. J'éprouve une fulgurante douleur à forcer le passage étroit. Je n'ose imaginer la brûlure que je lui impose à l'empaler ainsi et qui se traduit par une plainte aiguë. En fait, loin de m'arrêter cette pensée, cumulée à son geignement, décuple mon envie de la perforer et je continue imperturbablement ma poussée insensible à ses cris plaintifs. Peu à peu, je sens la résistance s'évanouir. Le passage s'ouvre. Son trou s'élargit. Se dilate sous ma poussée. Elle geint toujours, mais stoïque supporte sans broncher mon avancée au creux de ses reins. La salope a un cul fait pour être enculé ! Je force. M'introduis plus loin en elle que je sens trembler sous mes doigts fermement agrippés à ses hanches. Elle a quelques mouvements brusques, incontrôlables, essaye d'échapper à l'intromission douloureuse que je lui inflige. Je sais ces mouvements instinctifs. Qui peut supporter calmement de se sentir écartelée jusqu'au déchirement ? Pourtant, je ne peux les admettre. Elle doit apprendre à se contrôler totalement. J'assène deux nouvelles claques retentissantes sur ses fesses endolories. Ses mouvements se calment. Je l'entends qui gémit doucement et je vois ses mains, toujours liées dans son dos, se serrer spasmodiquement alors que je l'empale plus profondément de mon vit raide. Soudain, je sens un grand vide s'ouvrir devant ma queue et me happer tout entier. J'ai la sensation de glisser indéfiniment au creux d'un gouffre sans fond et de me perdre en elle. Je suis tout entier planté dans la caverne de son cul maintenant béant et je ressens un sentiment exaltant de pouvoir. J'éprouve une envie sauvage de la labourer. Mais je sais qu'au moindre mouvement de ma part je giclerai en elle sans que je ne puisse plus rien retenir. Et je veux faire durer autant que faire se peut cet instant sublime où je me sens l'emplir et la posséder. Où elle est tout entière à moi, soumise à mon désir. Sensation de puissance absolue qui m'exalte. C'est elle qui soudain, se met à onduler sous moi, reins bien cambrés et s'embroche encore plus profond sur ma queue jusqu'à ce que mes couilles viennent frapper en cadence son clito. Je fais appel à toute ma concentration pour retenir la jouissance que je sens monter inexorable en moi. Je ne peux pas laisser passer, quoiqu'elle me ravisse, cette initiative de sa part. Je me saisis de nouveau de mon martinet et flagelle brutalement ses épaules qui se strient de raies rouges comme tout à l'heure ses fesses. Je lui ordonne de ne pas bouger. Lui assène qu'elle n'est qu'un objet qui ne peut que subir. Qu'un trou pour ma bite ! Je ne sais plus où je suis. Je la possède. Elle me possède. Je ne sais plus qui mène véritablement ce jeu de pouvoir. Qui domine véritablement l'autre ? Mon sexe me semble être de marbre tellement je le sens tendu proche de l'explosion. Et toujours ses longs gémissements qui sortent de sa gorge. Gémissements de plaisir. De douleur. Je la martèle de toutes mes forces, la pistonne, ramone son conduit anal d'un mouvement de va-et-vient de plus en plus rapide. Sortant presque de son cul avant de m'engouffrer, à chaque fois plus profondément, en elle. Fouettant en cadence ses épaules. Ma queue coulisse maintenant parfaitement dans l'étroit conduit qui se resserre et se desserre spasmodiquement et me donne la sensation fantastique d'être aspiré par une forge de chair brûlante.

Je la veux tout entière. Je la veux totalement. Elle est à moi. Elle est ma chose. Mon trou adoré. Ma salope chérie. Elle est ma chienne lubrique. Ma pute. Mon amante. Ma soumise. Mon esclave. Je suis tout puissant. Je suis son Maître. Je la possède. Je n'en peux plus. Je vais éclater. Brusquement, je sors de son cul et viens me placer devant elle qui lève son visage vers moi. Alors dans un cri, mon foutre, tel un torrent de lave, gicle sur ses joues, ses yeux. Je vois mon sperme dégouliner en longs filaments gluants qui viennent mourir sur ses lèvres. Je me sens complètement tétanisé, hors de moi, alors que les dernières giclées jaillissent de ma queue et se déposent sur sa langue tendue avide de n'en pas perdre une goutte.

Je m'abats contre elle les jambes sciées par la jouissance que je viens de vivre. Je l'attire vers moi, défais ses bras et la libère aussi précautionneusement que possible des pinces. Un léger jappement s'échappe de ses lèvres quand le sang irrigue à nouveau ses tétons tuméfiés. Elle vient de blottir contre moi qui l'enserre tendrement, ma bouche au creux de sa nuque, m'enivrant de la senteur sucrée de sa peau. Ma main se fait légère, caressante. Une tendresse infinie m'envahit pour cette femme qui s'est abandonnée en toute confiance à moi et qui m'a fait connaître, en me faisant le don de son être, une expérience extraordinaire. Mes doigts caressent les boursouflures qui strient son corps. J'ai honte de l'avoir ainsi marquée, mais je suis heureux aussi. Elle est si belle ainsi parée. Non, vraiment je ne regrette rien.

Je l'aime. Je le lui dis. Elle me sourit. Me répond « moi aussi ».

Ivres de sensations nous nous endormons tendrement enlacés.

Le martinet

Sans qu'il ait eu besoin de le lui demander, elle s'était accroupie sur le lit. La chambre baignait dans le silence seulement rompu par le bruissement assourdi de la circulation qui parvenait de la fenêtre soigneusement close.

Il dirigea sur le corps nu le halo lumineux d'une applique l'enveloppant d'une clarté aveuglante qui mettait en relief chacune de ses courbes. Il aimait autant qu'elle cette mise en scène de leurs ébats. Ces préliminaires qui leur permettaient de se défaire de l'homme et de la femme qu'ils étaient pour devenir un Maître et sa soumise.

Le visage enfoui dans le drap blanc, la nuque offerte, les reins cambrés, elle attendait son bon vouloir. Cette attente était pour eux primordiale, lui octroyant le temps, pour elle, de domestiquer sa peur et sentir monter cette poussée d'adrénaline qui lui permettrait de se dépasser, pour lui de canaliser son besoin de possession. Trop vite et elle ne ressentirait que de la douleur. Trop longtemps et son désir se transformerait en frustration. Mais, elle lui faisait confiance. Il savait, il avait toujours su à quel moment précis elle serait prête…

Elle l'entendait tourner autour du lit déjà frissonnant à l'idée du plaisir à venir, de la douleur à supporter. Elle pouvait sentir son regard sur elle, la jaugeant, l'admirant. Elle pouvait deviner ses pensées, ses doutes, ses interrogations, lui qui savait si bien qu'il allait lui faire mal, mais conscient aussi qu'elle n'était qu'attente de cette douleur dont elle lui faisait le don.

Sans qu'aucun mot soit échangé, elle écarta davantage ses cuisses et offrit pour l'instant à son regard, tout à l'heure à ses coups, son sexe déjà luisant. Là aussi, elle n'avait nul besoin de le voir pour pressentir son sourire et sa fierté de la savoir si soumise qu'elle en arrivait à anticiper ses propres désirs.

Elle l'entendit fourrager dans le grand sac de sport bleu sombre où il rangeait son matériel. Qu'allait-il choisir ? Le petit martinet dont la morsure quoique légère n'en était que plus précise et cuisante ? Ou alors celui qu'ils avaient acheté ensemble au lourd manche noir cerclé de rouge dont les vingt-deux lanières le tailladaient si cruellement ? Ou bien encore, la cravache, son premier cadeau, ou, tout simplement, sa ceinture, celle qu'elle lui avait offerte il y a quelques semaines, dont elle aimait tant sentir le cuir souple la cingler de zébrures de feu qui la faisaient se tordre de plaisir ? Un moment, elle hésita à relever la tête. Puis y renonça tout aussi vite. Attendre. Ne pas savoir. Être étonnée. Oui, elle aimait cela ! Cet effet de surprise ! Et puis, quoi qu'il choisisse, ce serait bien.

Elle se tendit imperceptiblement et son souffle s'accéléra au rythme des battements de son cœur quand elle l'entendit s'approcher d'elle. Le moment était venu !

Un frisson d'angoisse la parcourut quand elle reconnut les lourdes et épaisses lanières dont il frôlait doucement son dos et le creux de ses reins. Un instant, il la caressa faisant durer cette attente qui, il le savait, exacerbait leurs sens. Il pressentait sa peur, sa crainte, son désir aussi. Il devinait le plaisir qu'elle ressentait déjà. Il jubilait à entendre ses faibles gémissements tels des jappements d'un animal affolé pris dans un piège dont il ne peut s'échapper. Il savait qu'en exaspérant ainsi son attente, il la mettait dans l'impossibilité de lui refuser quoi que ce soit. Qu'il prenait le total contrôle d'elle ! Non pour la faire souffrir gratuitement, mais au contraire pour lui permettre d'atteindre ce sommet où il voulait à toute force la hisser. Il savait qu'au premier coup donné, il serait dans un ailleurs où plus aucune erreur ne lui serait autorisée. Alors, il préférait prendre son temps. Ne pas se presser. Attendre le bon moment où il saurait, sans aucun doute possible, à un simple frémissement de son corps, à la tonalité d'un soupir, qu'elle était prête à le recevoir. Et à le suivre. Sans entrave aucune.

Une dernière fois, il parcourut son dos avec les lanières. Elle n'était même plus tendue. Seulement offerte. Le corps et l'esprit en éveil. Il releva le bras et les courroies décrivirent dans l'air une large courbe qui vint se terminer dans un claquement tranchant sur le haut de ses fesses. Un autre, tout de suite, pas trop fort encore, sans lui laisser le temps de reprendre son souffle. Un troisième, plus appuyé, sur le haut de son dos, cette partie du corps qu'il savait moins sensible. Puis de nouveau les fesses qui, sous ses yeux ravis, commençaient à rougir. Attentif, il la scrutait, épiant chacune de ses réactions, aux aguets de tout ce qui pourrait venir entraver la montée du plaisir en elle. Il accéléra le mouvement de son bras alternant force et douceur. Parfois, il effleurait à peine le corps frémissant, parfois il le cinglait avec une violence qui la faisait s'arquer et crier. Il la voyait alors crisper ses mains sur les draps et s'y agripper. Il entendait ses cris lorsqu'un coup plus fort venait mourir sur l'intérieur de ses cuisses particulièrement sensibles. Il regardait son corps maintenant uniformément strié de longues estafilades pourpres. Pourtant, elle ne bougeait pas. Le suppliant au contraire de continuer quand il faisait mine de cesser et de s'éloigner.

Un moment, il hésita puis, visant son entre-jambes, il fit retomber les lanières sur son sexe offert et vulnérable. Il savait le supplice qu'il lui infligeait, mais le cri affolé qu'elle lançât alors qu'une douleur qui lui semblait intolérable l'envahissait, ne l'arrêta pas. De nouveau, impitoyables, les lanières touchèrent son vagin découvert. Encore une fois, elle hurla. Mais ne tenta pas de s'échapper. Au contraire, il la vit écarter davantage les jambes en une offrande muette et sans équivoque. Un moment, son bras resta en suspens... Ne pas hésiter, s'exhorta-t-il en silence, surtout ne pas hésiter ! Ne pas lui transmettre ses doutes. Ses craintes de la faire inutilement souffrir. Ne pas se laisser prendre au piège d'une frileuse pitié sans fondement qu'elle ne comprendrait pas. Elle était à lui ! Elle se donnait ! Il se devait de ne pas la décevoir. Seulement accepter ce don et en user. Seulement être encore plus attentif. Il la savait, il la sentait au bord du bord prête à s'envoler. Surtout, ne pas lui rogner les ailes au nom d'une quelconque moralité de bon aloi. Ils étaient bien au-delà de ces règles de conduite édifiées par les timides et les timorés ! Ils étaient, tous les deux, d'une autre trempe.

Quand les lanières s'abattirent sur son sexe et effleurèrent d'une langue de feu son anus découvert, elle sentit une frontière se rompre en elle. Elle avait mal. Horriblement mal, mais pour rien au monde, elle aurait voulu être ailleurs et, encore moins, pu arrêter quoi que ce soit. Entièrement à la merci de cet homme à qui elle s'abandonnait totalement. Littéralement, elle se sentit prendre son envol et s'élever haut, très haut alors que le martinet s'abattait maintenant sans relâche sur elle en un déluge de feu. En parfaite communion avec cet homme qui continuait à la flageller méthodiquement et l'entraînait toujours plus loin hors d'elle-même. Elle n'était plus elle. Elle était lui. Elle était eux. Elle était bonheur. Jouissance. Elle était Femelle souveraine dans toute sa splendeur érotique. Alors, elle se détendit et laissa la vague de plaisir monter inexorablement et exploser en elle en une gerbe de sensations foudroyantes qui l'entraînèrent dans un vertige des sens où elle perdit tout repère. De longues minutes, elle cria sa jouissance. Le supplia de continuer à la cravacher... S'abandonna à la fustigation sans plus aucune retenue. Lui lança des mots obscènes qui le fouettèrent... Qu'elle était salope lubrique, qu'il pouvait lui mettre sa queue bien profond dans son cul de chienne en chaleur, qu'il pisse dans sa bouche de truie... Mélopée d'une insoutenable sensualité qui l'électrisa et lui fit redoubler la violence de la flagellation afin de porter son amante soumise aux confins de la volupté. Chant exquis qui fit tendre démesurément son membre. La voir jouir était sa récompense ! Elle était si belle, tête rejetée en arrière, dos arqué et cul offert, à gueuler à pleine voix son plaisir, le sexe dégoulinant de sève odorante. S'enfoncer, se perdre en elle... alors qu'elle était ainsi, toute digue rompue, prête à recevoir sa dure loi de Maître tout-puissant ! Il se contenta d'accompagner sa jouissance de flagellations toujours plus redoutables...

Après un instant qui lui sembla infini, elle s'écroula inerte et sans force sur le lit comme vidée de toute substance.

Quand, inquiet, il la retourna, il ne vit que ses yeux baignés de larmes et son visage illuminé d'un sourire radieux.

Alors il sut que cette fois vraiment il avait réussi le voyage et lui avait fait atteindre le sommet promis.

De dehors parvenait toujours le bruissement sourd de la circulation, mais ils ne l'entendaient plus....

Chair ardente

Je suis allongée nue à plat ventre sur le grand lit de ta chambre seulement recouvert d'un drap d'une blancheur immaculée dont s'exhale une suave senteur d'ambre. Bras et jambes en croix liés aux montants par de fines lanières de soie blanche, mon visage est tourné vers la droite et je fixe le carré lumineux de la fenêtre aux volets clos. Derrière, le soleil brûlant de l'été. Derrière l'animation d'un après-midi ordinaire. Derrière des gens qui se promènent, travaillent, vont et viennent et ignorent de ce qui se trame dans cette chambre plongée dans la pénombre. Ici, il n'y a que nous....

Toi et moi. Un Maître et sa soumise... Toi, que j'aime et crains tout à la fois.

Je chéris ces heures que tu dérobes pour me les offrir au quotidien. Seul cadeau que je n'aurai jamais de toi. Ces heures qui sont comme une bulle hors du temps et du monde dans laquelle tu m'entraînes à ta suite et m'enfermes pour mieux me libérer. Notre bulle. Bulle de mystères insolubles et de questions sans réponse. Bulle de désirs insensés. Et de plaisirs chimériques. Ces heures sont à nous et elles seront ce que nous en ferons.

Je me sens bien. Détendue. La crispation qui, il y a un instant, tordait mon ventre alors que les liens se resserraient autour de mes poignets et de mes chevilles, m'immobilisant et me laissant sans défense face à tes désirs, a disparu. Toujours ces minutes d'angoisse, de crainte qui me pétrifient. Qui me font soudain douter... De toi, de moi, de ce que je veux... de ce dont je suis capable... Cela s'est évanoui maintenant et un grand calme m'habite. Je sais que ce calme est annonciateur d'autres remous autrement plus dévastateurs que mon inquiétude ridicule. Dans ma poitrine, mon cœur bat lentement. Son martèlement régulier résonne sourdement au creux de mon oreille. Seul son qui vient rompre la quiétude qui nous enveloppe. J'attends. Je t'attends. Tes désirs sont les miens. Et je n'ai plus peur.

Tu t'affaires silencieusement dans mon dos. J'écoute tes pas qui vont et viennent en souplesse. S'approchent. S'éloignent. Reviennent. Lent encerclement du fauve autour de la proie convoitée. De temps en temps, en passant, ta main glisse furtive le long d'une de mes jambes, enserre mon mollet dans une douce étreinte. Effleure mes épaules, la courbe mon cou. Frôlements à peine esquissés qui me font frémir d'émoi, les sens aux aguets.

J'essaye de deviner ce que tu fais. Ce que tu prépares. Ce que tu me réserves. J'entends le bruit d'objets qui s'entrechoquent. Que tu disposes sur la petite table à gauche du lit et que, dans ma position, je ne peux pas voir. Curiosité aussi vaine que ma crainte tout à l'heure ! Ta main se pose à nouveau sur moi et remonte sans s'y attarder entre l'arceau de mes cuisses ouvertes. J'entends un grattement. L'air se remplit de l'odeur âcre du soufre. Un grésillement. Lumière dorée. Senteur suave de la cire qui s'enflamme. Des ombres se mettent à danser sur les murs. Ta main caressante glisse dans mon dos. Je sens à peine la légère griffure de ton ongle le long de ma colonne vertébrale. Tu t'arrêtes un instant à la cambrure de mes reins. À cet endroit encore marqué d'une fine strie maintenant mauve qui, au fil des jours, s'estompe lentement. Je te sens pensif. Te revient-il soudain en mémoire comme à moi cette image de moi appuyée à la commode offrant mon dos à la morsure de la souple canne en bambou ? Souvenir troublant qui me bouleverse d'émotions contradictoires faites à la fois de violence et de douceur ! De douleur et de plaisir ! D'impatience et de rejet !

Toujours cette angoisse qui revient en vagues, de faillir à ton attente. À la mienne aussi. De ne pas être à la hauteur. Il est parfois si difficile de dompter mon corps. De le contraindre à rester immobile alors qu'il veut, affolé de sensations trop fortes et douloureuses, bondir et s'enfuir. De nouveau, tu t'éloignes. Me laissant frémissante d'attente exaspérée.

Que fais-tu ? Qu'attends-tu ? Ne vois-tu pas que mon corps te réclame et t'appelle. Que chaque pore de ma peau est à l'affût ! Chaque nerf tendu à vif. Qu'as-tu choisi pour nous cet après-midi ? La canne anglaise fine et souple qui me fera me tordre et tracera sur mon corps le labyrinthe écarlate de nos désirs mêlés ? Peut-être opteras-tu pour la longue cravache que, tu le sais, je redoute tant, mais dont je ne pourrais te refuser la cinglante dictature ? Ou bien feras-tu rougir et brûler mes fesses de tes seules mains nues les battants tel un tambour ? Mes gémissements rythmés par le bruit des claques cadencées que tu m'assèneras de plus en plus fort. Accords déchirants d'une mélodie qui nous ravit... Ou préféreras-tu m'ouvrir démesurément et t'enfoncer loin en moi, dans mon vagin ? À me faire défaillir d'émotion ! Intrusion que je redoute et appelle. Qui me donne la sensation vertigineuse d'être dépossédée de ce que j'ai de plus intime. Prendras-tu plaisir à voir mes yeux s'embuer de souffrance ou au contraire voudras-tu entendre mon chant de bonheur ? Aurai-je le droit de boire à ta source et te sentir couler au fond de ma gorge ? Ou bien, choisiras-tu gicler dans mes reins pourfendus par ta queue conquérante ? Seras-tu tendre ou bien dur comme tu sais l'être ? Serai-je ton amante ou ton esclave ? Soumise à tous tes désirs ou douce amoureuse ? Prête à te servir. À m'abandonner. À te donner ce que j'ai de meilleur. Mes rêves. Mon amour inconditionnel. Mon plaisir. À oublier qui je suis pour être à toi. Devenir le prolongement de ton corps et me perdre, en une osmose parfaite, dans tes désirs insondables.

Tu t'approches enfin. Tes doigts dans mes cheveux. Tu tires ma tête en arrière. Je vois sur la table le bougeoir dans lequel brûle la bougie blanche que tu viens d'allumer. À côté, deux autres, encore éteintes. Une rouge et une noire. Je me cambre dans mes liens et t'offre ma bouche que tu effleures d'un bref baiser. Dans ta main, tu tiens un bandeau en satin noir. Déjà, tu le poses sur mes yeux et m'enfermes dans une nuit rassurante. Maintenant, je ne peux que sentir. Ressentir. Imaginer. L'obscurité devient ma complice. Tu es si présent alors que plus rien ne distrait mes sensations. Je te suis reconnaissante de cette attention qui accroît ma perception des choses. Tendrement, tu me fais reposer la tête contre le drap frais. Silence. Calme. Tu t'assieds à côté de moi. Je m'imprègne de ta chaleur. De l'odeur musquée de ton corps qui m'enveloppe. Ta main reprend sur mon dos son périple interrompu, dessine la courbure de mes reins, le galbe de mes fesses. Je frémis d'aise. Tes doigts glissent dans le sillon de mon cul, effleurent l'œillet encore fermé de mon anus. Je me tends imperceptiblement. Mon souffle se fait plus profond. Plus lent. Ne pas craindre tes doigts qui tournent, en une caresse affolante de sensualité, autour de mon orifice étroit. Comme si tu voulais le défriper, le lisser. Forçant à peine l'entrée pour en tester l'élasticité que tu connais pourtant si bien ! La docilité aussi que tu connais tout autant. Un petit peu plus loin. Tu élargis lentement le passage. Tu avances en moi. Délicatement. Je sens le lent cheminement de tes doigts en moi qui m'ouvre telle une fleur carnivore. Mais déjà, tu te retires, me délaisses sans que tu te soucies de ma frustration et t'aventures ailleurs. Plus bas, vers l'antre secret et sombre d'où sourd, abondante, la sève du désir que tu viens de faire naître. Clapotement de tes doigts qui se noient dans la marée odorante de mon corps. Ta main humectée de mon suc glisse dans ma fente mouillée. Tu la fais aller et venir en un mouvement régulier et ravageur. Je soupire d'aise quand tes doigts fureteurs trouvent mon clitoris et que, papillonnants, ils tourbillonnent, virevoltent sur lui qui, sous l'excitation que tu lui imposes, se tend et durcit. Je me cambre sous ta caresse. Ondes de plaisir qui me transpercent. Si doux et si fort à la fois. Chaleur qui irradie en moi. Brasier qui me consume. Crispations de plus en plus intenses. Mon vagin qui, au rythme de tes attouchements, s'ouvre et se ferme tel un coquillage monstrueux prêt à t'avaler. « Pas encore... me souffles-tu. Retiens-toi ! ». Tes doigts s'activent de plus en plus vite. S'éloignent. Reviennent. Je halète. Gémis. Me tord dans mes liens sous ta caresse d'une insupportable douceur qui m'amène au seuil de la jouissance que, de toutes mes forces, j'essaye de juguler. Un point au creux de mon ventre. Premier spasme de plaisir. Encore diffus. Une étoile de feu qui grandit et s'épanouit. Qui prend lentement son envol sans que je puisse la freiner. La jouissance qui monte impérieuse et souveraine. Je ne peux plus rien maîtriser. Tes doigts deviennent mon centre de gravité vers lequel convergent tous mes désirs présents et à venir. Tout mon être concentré sur cette sensation de vertige que tu fais naître. La vague de plaisir arrive, prête à me submerger toutes digues rompues. Je l'attends. Je l'appelle... Elle est là...

Mais soudain, ta main me quitte. Je gémis de frustration. De dépit. Non pas ça. Pas cette torture intolérable qui met mes nerfs à vif. Je te supplie. Pas maintenant. Mon corps me fait mal de cette jouissance que tu lui refuses brutalement. De ce désir inassouvi. Tes mains se plaquent, paumes bien à plat, une au creux de mes reins, l'autre sur mon épaule. Apaisantes. M'intiment, sans qu'il te soit besoin de le dire, de me calmer. Qu'il ne sert à rien de supplier. Que toi seul as tout pouvoir sur ma jouissance !

Je me fige quand une première goutte de cire brûlante tombe sur mon dos, à la jointure de mes épaules. Brûlure fulgurante et éphémère qui me fait tressauter. Plus de surprise que de réelle douleur. Une à une les gouttes coulent. Feu d'artifice que tu allumes sur moi. Prenant ton temps. Une larme incandescente après l'autre qui me fait chaque fois sursauter. Puis, des gouttes lourdes. Épaisses. Chaudes. Comme une pluie de mousson. Je les sens s'étaler en larges flaques immédiatement refroidies. De temps à autre, une goutte se superpose à la précédente et ravive la brûlure. Alors mon corps se tend et s'arque. Et mon cri monte dans les aigus. Tes doigts viennent s'assurer dans les replis secrets de mon sexe de ce que traduisent mes gémissements. Ne t'inquiète pas. Je brûle d'un feu inextinguible qui se nourrit des brûlures de la cire. Un plaisir nouveau m'envahit. D'une autre sorte. Plus profond. Un désir qui n'est plus seulement physique. Que l'obscurité dans laquelle je suis toujours plongée, exacerbe. Parfois, tu fais tomber une longue traînée de cire qui s'écoule lentement le long de mon dos lac de lave ardente qui se solidifie au creux de mes reins. Une autre qui s'immisce entre ma raie culière avant de mourir sur mon anus. Perfidement, tu t'attardes sur lui et une pluie de cire brûlante l'ensevelit dans une gangue. Je geins sous la coulée de lave qui l'embrase. Comme une mélopée à chaque goutte recommencée. Sous mon bandeau, je serre alors fort les paupières et laisse la chaleur dévorante irradier en moi et allumer d'autres feux plus ardents. Une autre goutte. Une autre. Encore et encore. Salves de plus en plus rapprochées qui éclatent sur mon dos. Je t'imagine, une bougie noire dans une main, une rouge dans l'autre t'amusant à dessiner sur moi des arabesques. Une éclaboussure de blanc. Un soupçon de noir. Une large traînée rouge. Je deviens le tableau de tes désirs indicibles. Je visualise mon dos, mes fesses ainsi ornés de cette mer de cire qui durcit en refroidissant et me recouvre comme une seconde peau. Tu me réinventes. Me recrées. Chair ardente qui renaît. Et se métamorphose. Je suis heureuse. Mon corps exulte. Instant d'osmose parfaite où nos désirs se rejoignent et se fondent en un seul. Unique. Où toute distance entre nous s'abolit. Tu deviens le musicien de mon corps et je suis l'instrument dont tu joues et tires des accords sublimes. Mes gémissements se transforment alors chant de bonheur.

Quand enfin la pluie de feu cesse et que ton corps d'homme s'abat sur le mien, je sens la cire se craqueler et s'écailler en confettis multicolores qui parsèment notre couche. J'émerge émerveillée de cette chrysalide que tu as créée. Femme neuve. Femme libre. Femelle soumise à son Maître. Alors seulement, tu t'engloutis en moi et m'entraînes à ta suite dans la jouissance que tout à l'heure tu m'as refusée.

« Je et toi, c'est tout comme ! »

Aliénation

Sur un signe de moi, elle s'est déshabillée ne conservant que ses bas de résille noire et ses hauts escarpins. Puis, elle s'est allongée sur la table de fer sur laquelle je l'ai attachée, écartelée. La flamme dorée d'épais cierges en cire blanche plantés aux quatre extrémités dans de gros candélabres en argent nimbe son corps frémissant de reflets chatoyants. J'ai étroitement lié ses poignets avec de solides sangles de cuir fixées aux pieds de la table. J'ai fait de même avec ses chevilles, jambes maintenues relevées dans des étriers. Une lourde chaîne aux épais maillons d'acier massif s'entrecroise en un entrelacs barbare sur son ventre. Elle s'est laissé ligoter sans un mot. Se soumettant tranquillement à mon désir fou de la posséder. Ses yeux écarquillés et brillants transpirent sa crainte. Son impatience aussi... Sa détermination. J'aime ce mélange de sentiments contraires qui la rend si humaine, si fragile. Elle est nue. Son sexe glabre et lisse pleinement offert. Ses seins s'évasent en corolle sur son torse que soulève sa lente et profonde respiration. Je la sens tendue. Non, le mot exact est concentrée. C'est cela, elle est entièrement focalisée sur ce qu'elle ressent ! Vivant intensément chacun de ces instants. Anticipant déjà la souffrance à venir. Le plaisir.... Depuis que nous avons franchi le seuil de cette pièce, où se déroule nos joutes amoureuses, nous n'avons pas, accord tacite entre nous, échangé un mot. Le silence qui nous enveloppe amplifie la tension qui nous étreint.

Ses yeux ne sont pas bandés. Je préfère pouvoir plonger mon regard dans le sien voilé d'inquiétude et de désir. Les voir se mouiller de larmes. Ou s'illuminer de plaisir. Je la regarde. Son corps frissonnant ainsi offert et immobilisé est d'une sensualité torride. Envie de la toucher. De pétrir ses seins qui palpitent au rythme de sa respiration. Les mordre. Écraser mes lèvres contre ses lèvres. M'engloutir en elle. Le désir est si fort de la prendre tout de suite et me perdre dans son corps. Jouir de sa jouissance. Elle est si belle. Elle est à moi. Prête à accepter le joug de ma loi quoiqu'il puisse lui en coûter. Sensation de toute puissance qui m'enivre. Lentement, prenant mon temps, je dispose une caméra au pied de la table, insoucieux de son regard suppliant. Je braque l'objectif vers son corps écartelé, vers la fente de son sexe béant et enclenche l'enregistrement. Le bourdonnement imperceptible de l'appareil emplit l'espace de silence qui nous entoure. Images d'elle que je lui vole qui la met au supplice. Dernière échappatoire que je lui refuse. Ces instants qu'elle me donne resteront gravés sur la froide pellicule et seront.

Je m'approche d'elle. Ma main l'effleure doucement. Volupté infinie de la toucher enfin. Je frôle délicatement sa poitrine, son ventre, ses épaules. Mon doigt glisse sur son pubis. S'incruste entre la fente de son sexe. Caresse d'une insupportable douceur que je fais durer à dessein. Je la sens frémir, les sens en alerte. Sa peau est chaude. Satinée. Si douce. Si fine. Je jette un œil vers le martinet que j'ai disposé à portée de ma main.

Tout à l'heure quand elle est arrivée, fraîche et souriante dans sa robe fleurie, si sûre d'elle, je l'ai amenée devant le râtelier où je suspends mes instruments. Elle a compris sans que j'aie eu besoin d'exprimer à haute voix ma demande qu'elle devait choisir, unique choix possible pour elle ce soir, par quoi elle souhaitait être fustigée : martinet, cravache, badine, fouet…

Après une brève hésitation, elle a désigné ce martinet aux longues et fines lanières de cuir souples et au lourd manche en bois finement ciselé dont elle connaît pourtant la cuisante et fulgurante brûlure. Mais elle sait aussi que cet incendie que je vais allumer en elle va l'emporter vers une jouissance infinie. La règle de notre jeu est simple. Interdiction absolue pour elle de jouir sans ma permission sous peine de devoir être durement punie. Chaque fois, j'espère contre toute raison qu'elle sortira victorieuse de cette épreuve d'une insoutenable perversité. Pourtant, je vais mettre tout mon art à enflammer son corps et prendrai un plaisir coupable à la voir succomber à l'inévitable. Bref regret qui m'étreint à l'idée, si ce soir elle faillit encore à sa promesse, de devoir tout à l'heure marquer sa chair si tendre et désirable de mon sceau de feu. Ne pas me laisser attendrir par son apparente fragilité ! Cela m'est si difficile alors que son corps s'alanguit, confiant, sous la caresse insistante de ma main. Abandon qui m'émeut ! Son sein est si doux dans le creux de ma paume. Je le malaxe délicatement ce qui la fait gémir de contentement. Y poser mes lèvres et le lécher de ma langue ? Tentation que je refuse. Il me faut réfréner cet élan de tendresse qui m'affaiblit et me rend vulnérable. Ne pas me laisser prendre au piège de ces sentiments qui n'ont pas leur place entre nous. Brutalement, je resserre mon étreinte pour lui faire expier ce moment de faiblesse. Première douleur qui lui arrache un râle plus de surprise que de réelle souffrance. Mes yeux plongent dans les siens alors que mon emprise se fait plus dure. Elle soutient mon regard. Je serre plus fort le téton, l'étire. J'entends son souffle s'accélérer sous le tourment qui la taraude. Ses lèvres se crispent. Elle est si belle. Le visage tendu sous la flèche éprouvante qui ravage son sein, simples prémisses, elle le sait, de souffrances plus grandes à venir. Mes yeux sont plantés dans les siens qui ne cillent pas. Encore plus fort. Un moment, je reste ainsi ma main rivée sur son mamelon afin de laisser la douleur prendre son envol en elle. Je desserre mon étreinte. Ses lèvres exhalent un soupir de soulagement. Son téton, malgré l'épreuve, s'est fièrement érigé, emblème orgueilleux de son désir que la douleur qu'elle éprouve ne peut faire fléchir. Je me demande si un jour j'arriverai à la faire plier et me demander grâce. Je sens en elle une force, une détermination qui, au fil des tourments toujours plus douloureux auxquels je l'assujettis, grandit chaque fois davantage et me nargue. Parviendrai-je un jour à vraiment la soumettre ? Illusion de me croire le Maître de cette femme fière qui se donne librement. Je ne prendrai jamais, quoique j'en pense et désire, que ce qu'elle veut bien m'accorder. Ses cris, ses larmes ne sont que des leurres lancés à la face de ma vanité de penser la dominer et la posséder. Je serre son délicat mamelon dans l'étau de mes doigts resserrés. Tire dessus. Son souffle se suspend. Je tire plus fort. L'étire sauvagement insensible à la souffrance que je lui inflige. Premier cri qui résonne en moi et allume un brasier au creux de mes reins. Je le fais rouler entre mes doigts. Je sens le mamelon malmené gonfler sous mes doigts d'acier. L'autre maintenant. Bourgeon qui éclot entre mes doigts carnassiers. Un long moment, je m'amuse ainsi. Allant d'un sein à l'autre. Les étreignant durement à tour de rôle. Prenant un plaisir trouble à la sentir frémir et se tendre quand mes doigts se referment, serrent, tirent. À la fois rétive et docile.

Puis je l'abandonne brusquement. Un soupir s'échappe de ses lèvres. Soulagement ? Frustration ? Tout en elle me reste énigme. Et j'enrage de ne pas pouvoir pénétrer son mystère. Pourquoi est-elle là ? Pourquoi revient-elle à chaque fois ? Qu'attend-elle de moi ? Que suis-je pour elle ? Un Maître ? Un amant ? Ou un simple dispensateur de plaisir ? Questions sans réponse. A-t-elle d'ailleurs, elle-même, les réponses ? Ce qui nous unit est si étrange. Je me recule lentement. La contemple. Le corps tendu. Les yeux clos sur une rêverie dont je me sens exclu. Sa respiration s'apaise. Ses mamelons tuméfiés ont pris une nuance ocrée. Je me saisis d'une paire de lourdes pinces en acier et, sans aucune précaution, les referme sur les chairs endolories. Elle ne dit rien et retient sa plainte quand elles griffent durement ses tétons dans un carcan de douleur.

Sans lui laisser le temps de reprendre son souffle, je m'empare d'une longue corde. Une première boucle s'enroule autour de son sein droit. Je la resserre incrustant le chanvre rêche dans la chair fragile. La deuxième boucle est pour le sein gauche. Méthodiquement, je serre le plus étroitement possible, la lanière autour de ses seins. Serpent qui les étouffe de son étreinte et les redresse arrogants. Puis je fais glisser la corde derrière sa nuque gracile et la tends brusquement. Dans le mouvement, sa poitrine encordée remonte outrageusement vers son visage. Pour finir, je passe l'extrémité du lien dans les anneaux des pinces et attache le tout avec un mousqueton. Chaque geste de sa part sera maintenant, je le sais et le veux, un supplice. Chacune de ses respirations une torture. De nouveau autour des seins dont la chair a pris sous l'afflux de sang, une nuance violacée. Elle ne dit toujours rien. Seul le halètement précipité de son souffle laisse deviner ce qu'elle endure. Ses yeux, empreints d'une expression de poignante langueur, fixent le plafond. Pénétrer ses pensées comme je pénètre son sexe ! M'approprier ses désirs comme je m'approprie son corps ! Elle est là. Si proche et si distante. Docile et abandonnée. Et pourtant si loin aussi. Perdue dans un monde où je n'ai pas accès. Sur quel océan de volupté divague-t-elle me laissant seul sur la grève ? Éclat de colère qui accroît mon appétit. Je la veux ici tout entière. Je resserre d'un cran la corde afin de la ramener vers moi.

J'empoigne alors une bougie d'un des candélabres et, méthodiquement, avec une lenteur perverse, commence à faire couler la cire chaude sur elle. D'abord sur ses seins. Puis son ventre. Elle gémit doucement quand les gouttes s'écrasent sur elle. Plaisir sauvage de la voir sursauter et tressaillir d'émoi sous la brûlure vive et éphémère de la cire bouillante. Pluie de feu à laquelle elle ne peut se soustraire et qui la fait trembler. Traînées blanches de la cire qui se solidifie et l'enveloppe. Premiers gémissements qu'elle ne peut retenir quand la cire atteint son pubis et s'écoule lentement entre ses lèvres jusqu'à son bourgeon si réceptif. Impossible pour elle d'échapper à cette coulée de lave qui incendie son sexe. Je jubile de la voir se trémousser. J'ai maintenant une bougie dans chaque main et m'amuse à viser les points les plus sensibles. Le bout de ses tétons, dont la morsure des pinces amplifie le feu ressenti... Son ventre... Son pubis... Premier cri quand la cire ardente qui se déverse entre ses nymphes, atteint son anus. J'insiste lourdement jusqu'à ce que son sexe disparaisse sous une épaisse gangue. Je me recule. Contemple avec ravissement son corps nimbé de cire. Ses doigts se sont crispés. Ses ongles enfoncés dans la chair de ses paumes. Sa respiration est sifflante. Sa douleur est presque palpable. Pourtant elle ne dit rien marquant par là son accord pour continuer et aller plus loin dans la découverte de ce plaisir barbare. Je l'admire.

Commence alors, un supplice plus subtil qui consiste pour moi à la transformer en objet de jouissance. Longuement, j'effleure son ventre, ses épaules, son pubis si doux au toucher. Mes mains se font tendres et émiettent la cire maintenant complètement refroidie. Mes lèvres sont baisers. Je caresse amoureusement son corps frémissant que les souffrances qu'elle vient d'endurer, loin d'éteindre son désir, ont rendu réceptif. Mes doigts se font aventureux et se perdent dans les méandres de son vagin mouillé. Ma bouche se pose sur son bourgeon palpitant et gonflé de sève. Ma langue le titille, le lèche. Mes lèvres l'aspirent. Je la sens se liquéfier sous la douce morsure de mes dents. Fruit gorgé de suc dont je m'abreuve avec délectation. Ma langue s'immisce entre ses lèvres vaginales, atteint son œillet fripé. M'enivre de ses senteurs de la saveur sucrée de son nectar. Vertige. Affolement des sens. Mes doigts ne sont pas inactifs. De brèves chiquenaudes sur les pinces de ses seins déclenchent en elle des gerbes de douleur de plus en plus vives. Je n'ai pas encore résolu ce mystère, mais je sais que la souffrance qu'elle ressent alors enclenche en elle un processus irréversible vers la jouissance.

Je me redresse, les lèvres brillantes de cyprine et, avec la plus parfaite mauvaise foi, lui commande :

— Interdiction de jouir sans mon autorisation, compris !

Elle me regarde, éplorée, déjà convaincue comme je le suis moi-même, de sa défaite !

Je replonge entre ses jambes alors que mes doigts étreignent fermement les pinces pour en accentuer la pression sur ses tétons.

Éblouissement soudain. Son corps se tend. Se défend contre ce déferlement impétueux de sensations qui l'affole. Ma bouche est tout entière collée à son sexe. Amples mouvements de ma langue qui s'enfonce dans son vagin et la fait défaillir. Soudain, malgré tous ses efforts, pour mon plus grand bonheur, les digues cèdent. Je l'attends balbutier pantelante, des mots insensés alors que la jouissance l'emporte telle une tornade dévastatrice et qu'une marée d'orgasmes interdits s'empare de ses sens. Elle me supplie de lui pardonner, qu'elle ne pouvait plus, qu'elle est désolée. À chaque sursaut de son corps énamouré, la corde s'insère plus cruellement dans ses chairs, comprime ses seins et imprime sur sa peau le sceau brûlant du plaisir et de la souffrance. Tempête des sens contre laquelle elle ne peut rien. Ma bouche à son sexe, je bois à la source qui s'épanche tumultueuse d'elle, femme fontaine, et me grise de son orgasme. Liqueur enivrante dont je me délecte. Ma victoire a pourtant un goût amer qui, malgré tout, m'enchante. Je sais que maintenant il va me falloir tenir ma promesse et la punir. Durement ! Elle le sait aussi. Mais je ne me sens pas pour autant coupable de quoi que ce soit. Elle sait qu'il lui est interdit de jouir sans mon autorisation aussi prégnants soient les plaisirs que je m'applique avec soin à lui prodiguer. Elle sait qu'elle doit apprendre à contrôler et maîtriser les réactions instinctives de son corps. Que sa volonté doit être plus forte que ses sensations pour me contenter pleinement ! Perversité de ma part qui prend autant de volupté à l'amener à l'orgasme qu'à la faire souffrir.

Je dénoue les liens qui la ligotent à la table. La libère de la corde qui étreint ses seins. Un cri quand je délivre ses mamelons des pinces et que le sang afflue brusquement. Je la fais se redresser et lui ordonne d'aller s'adosser au pilori au centre de la pièce. Je la regarde marcher devant moi. Démarche gracieuse et légère. Aucune hésitation. Sans un mot, elle me tend ses poignets pour que j'y referme autour les lourds anneaux de fer qui sont accrochés à la poutre de bois sombre. Victime expiatoire d'une jouissance interdite ! Ses yeux brillent de crainte. Elle va souffrir sans qu'aucune once de plaisir lui soit octroyée. Mais elle ne me supplie pas.

Rien, elle le sait, n'arrêtera mon bras. Elle n'a pu retenir son orgasme et cela implique d'être durement punie. Son corps nu attaché sur la pointe des pieds à la poutre sombre est comme une offrande qu'elle me fait. Elle me sourit doucement. Elle va avoir mal. Elle accepte cette souffrance qui est la condition nécessaire de son apprentissage à me donner pleinement satisfaction. Elle l'approuve comme quelque chose qui m'est dû. Conséquence inéluctable d'avoir, une nouvelle fois, failli à mon ordre de ne pas jouir avant que je ne l'y autorise. Punition requise pour ne pas avoir su résister aux plaisirs distillés par ma langue. Douleur inévitable pour progresser sur le difficile chemin de la soumission absolue. Je me prépare. Je soupèse le poids du martinet dans ma main. Si lourd. Une première fois, les lanières l'effleurent. Presque timidement. Comme une caresse qui ne saurait dire son nom. Peu à peu, mon geste s'affermit. Les courroies claquent plus violemment. Premières stries sur son dos. À peine une traînée infime. Mais qui me donne de l'audace. Insensiblement, je durcis la fustigation. La chair se marque de plus en plus. Joie sauvage de la regarder se tordre sous la morsure des lanières qui s'enroule autour de son torse. Se mordre les lèvres pour ne pas hurler. De voir son corps se crisper d'appréhension dans l'attente du coup suivant qu'à dessein je diffère parfois. J'aime tant la faire attendre craintive ! Son corps se balance, pantin sans défense offert à ma violence. Je vise ses fesses. Ses reins. La fait se retourner. Avec dévotion, je fouette ses seins. Son ventre. Frénésie qui s'empare de moi. Je mets maintenant toute ma force dans chaque coup qui retombe en sifflant sur son corps qui tressaute au rythme des lacérations de plus en plus rapides, de plus en plus puissantes. Ne lui laisse aucun répit. Je lui en veux tant de n'avoir su retenir son plaisir et de me contraindre à la punir ainsi. Je lui en veux de ce plaisir pervers que j'éprouve à balafrer son corps parfait et qui fait se tendre ma verge. Joie sans limites de l'écouter gémir, crier, sangloter. Je voudrais l'entendre enfin me supplier d'avoir pitié d'elle. M'approprier cette force qui lui permet, à chaque coup asséné plus violemment, de redresser insolemment son visage ruisselant de larmes. Fière de supporter sans broncher ma brutalité. Je voudrais la voir baisser les yeux. S'absoudre dans mon désir. La soumettre à ma loi. La faire mienne enfin. Complètement. Totalement. Je la fouette encore et encore. Sans répit. Mon bras me fait mal. Son dos. Ses cuisses. Ses épaules. Son pubis. Ses seins. Pourtant, elle ne prononce pas le mot fatidique qui arrêterait tout immédiatement. Du moins le croit-elle… Une punition ne peut être stoppée que lorsque moi je le déciderai. Elle doit comprendre enfin que je suis Le Maître et elle, ma soumise. Que j'ai tout pouvoir sur elle !

Les larmes ruissellent sur ses joues. Ses lèvres sont exsangues d'avoir été si fort mordues. Son corps se crispe et je vois les muscles de ses épaules se contracter dans l'attente du prochain coup. Je redouble de force. Comme si je voulais la punir de ce plaisir coupable que je ressens à la faire souffrir qui embrase mes reins et tend douloureusement ma queue ! La faire plier ! Qu'elle comprenne enfin qu'elle ne peut que se soumettre ! Qu'elle n'a aucun droit que celui de m'obéir. Je me déchaîne sur elle. Totalement insensible à ses cris déchirants, me délecte à la vue de son corps meurtri et lacéré de milles zébrures écarlates qui cherche maintenant, mais en vain, à échapper à la fustigation sans pitié des lanières de cuir. Inlassablement, je la fouette, me repais des stries pourpres qui marbrent sa chair.

Enfin, je stoppe. Un moment, je reste à la contempler. Son corps avachi et sans force tire sur ses poignets attachés à la poutre. Le visage penché en avant dans un signe sans ambiguïté de reddition. Je la détache. La retient de tomber. Je sens son corps palpiter contre le mien. Envie irrésistible de la consoler.

Mais ce n'est pas encore fini pour elle. Je lui réserve ce soir une dernière épreuve.

Je la fais s'installer, sourd à la prière de ses yeux, courbée contre la table. La poitrine appuyée contre le plateau. Jambes bien écartées, ses fesses tendues vers moi. De nouveau, je lui lie les poignets et les chevilles au quatre pieds et l'immobilise dans cette posture impudique. Elle se laisse faire sans un mot abdiquant toute résistance. Elle pleure doucement. Mais je reste froid à sa peine. Je ne dois pas céder à la tendresse que je ressens en moi sous peine de perdre tout ascendant sur elle.

Je prends un épais god. C'est un objet coûteux taillé dans un bois d'ébène aux reflets noir mordoré. L'olisbos est lourd dans ma main. D'une texture brillante très douce polie par l'usage, il a une forme délicatement incurvée et est démesurément enflé à la base. Je le lui montre afin qu'elle sache ce qui, maintenant, l'attend et qu'elle s'y prépare. J'exulte à l'éclair d'angoisse qui brille dans ses yeux à la vue de l'énorme phallus qui va pourfendre son cul. J'entraperçois enfin la faille dans la cuirasse de sa volonté !

Je le fais lentement glisser sur son dos jusqu'à l'orée de sa raie culière. Noir sur sa peau blanche zébrée de stries violacées. Elle s'abandonne tremblante d'anxiété à la caresse de ce simulacre de sexe qui va l'empaler. Ma main dans sa chevelure, je tire sa tête en arrière. Lui fait relever son visage baigné de larmes et présente à ses lèvres l'olisbos pour qu'elle le lèche. Qu'elle l'humecte de sa salive afin qu'il puisse plus aisément coulisser en elle. Je lui dis alors que dans un instant, je vais l'enculer avec, casser son cul de salope ! À dessein, j'utilise des termes qui la cinglent par leur brutalité et leur vulgarité. Leur sonorité quoique grossière engendre aussi en moi une excitation profonde qui est la réponse à la rougeur d'humiliation qui embrase ses joues. L'humilier autant par mes mots que par mes gestes. La traiter de putain, de chienne, elle que je vénère.... Docile, elle tend sa langue. L'étire au maximum. Elle est d'une somptueuse indécence à lécher ainsi soigneusement le sexe de bois. Est-elle seulement consciente de son obscénité ? Je ne peux résister à la tentation de le pousser plus avant entre ses lèvres les distendant et faisant gonfler ses joues. Un long moment, dans un lent mouvement, je fais aller et venir l'instrument entre ses lèvres. L'enfonce au fond de sa gorge. De la salive coule à la commissure de ses lèvres ballonnées. Elle suce consciencieusement le sexe en bois. Semble y prendre plaisir. J'amplifie mon va-et-vient. Engouffre l'énorme phallus loin dans sa bouche et la force à écarter ses lèvres au maximum. La faisant suffoquer. Mon sexe durcit désespérément dans mon pantalon... Je dois mettre fin à ce supplice que je m'impose de ne pas la prendre immédiatement. Délaissant enfin sa bouche, fruit trop convoité auquel je suis sur le point de succomber, je me positionne entre ses jambes. Il me faut quelques minutes pour reprendre mon calme et me contrôler. Mon pénis est douloureux de désir inassouvi. Le god glisse entre ses lèvres encore luisantes du suc de ses jouissances. Son sexe est comme une plage à la marée montante. D'entêtants effluves s'en exhalent et m'enivrent de leur lourde senteur. Je m'arrête un instant à l'entrée de son vagin entrouvert, grotte sous-marine éclaboussée d'embruns iridescents. Son corps se tend imperceptiblement dans l'attente de l'intrusion imminente que ses sens réclament tout autant qu'ils la redoutent. Mais non ! Ce n'est pas ce que je désire. Trop facile. Je sais qu'elle jouirait à peine le pieu de bois introduit dans son vagin. Je veux ses cris de douleur et non de jouissance. Je continue mon périple. Atteins l'orifice étroit que je convoite et pose l'engin monstrueux sur son anus. Je vois son œillet se crisper instinctivement au contact. Je lui ordonne de se relâcher. Que rien n'arrêtera la perforation de son cul ! Que je vais le fendre ! Et le remplir à le faire exploser. Qu'il ne tient qu'à elle de faciliter l'intrusion ! J'accentue ma pression. Plaisir indicible de forcer l'entrée serrée qui se refuse. Qui, peu à peu, cède... De l'ouvrir démesurément. D'entendre ses geignements plaintifs. Elle a peur. Je le sens. Cela, loin de me freiner, amplifie au contraire ma détermination à violer son orifice le plus intime. À l'écarteler. J'appuie. Elle crie. De douleur. De terreur. Que m'importe ! Je poursuis ma poussée inexorable qui la déchire et l'ouvre outrageusement. Jouissance infinie de voir le god énorme disparaître peu à peu dans le gouffre noir qui se dilate sous la pression irrésistible. Son corps part en avant sous l'intrusion qui la perfore, mais il ne peut pas s'échapper, bloqué par la table. Elle râle doucement. Je continue ma progression insensible à sa plainte. Je sens ses résistances fondre lentement sous l'avancée impérieuse de ce soc inhumain qui la laboure sauvagement. Le god est maintenant entièrement fiché en elle qui sanglote. Seule dépasse son extrémité évasée, fleur monstrueuse qui semble éclore de son cul béant. Vision qui me ravit. De nouveau, je la contemple. Elle est si belle dans son indécence. Je m'accorde un répit. Je savoure ces instants où elle n'est plus qu'attente et frémissement. Où elle n'est plus qu'abandon et gémissements. Où elle n'est plus que l'objet de ma dévotion infinie. Enfin mienne ! Ayant renoncé à toute défense, toute fierté. Enfin soumise à ma loi de Maître !

J'appuie de nouveau sur le god et, sourd à ses cris déchirants, finis d'une seule poussée à l'enfoncer au plus profond de son cul. Je sais la torture que je lui inflige à être ainsi distendue. Je l'écoute qui sanglote, balbutie des sons sans suite. M'implore de la libérer de ce joug infernal qui lui donne l'impression qu'elle va se fendre. Hurle, joie infinie pour moi qui l'entend sortir de ses lèvres pour la première fois, le mot de reddition convenu mais que j'ignore. Encore un moment... Ma Domination sur elle doit être totale ! Je m'en veux de lui infliger cette souffrance et pourtant... impossible de nier le plaisir que je ressens à cet instant à l'écouter, ayant perdu toute superbe, enfin me supplier ! Je me recule. La scrute ainsi empalée, le cul démesurément ouvert et empli. Corps martyrisé et pourtant comblé. Je peux enfin jouir d'elle.

Je dégrafe mon pantalon et fais jaillir mon sexe douloureux de désir retenu et l'approche tout près de son visage. Ma queue semble sur le point de s'engouffrer dans sa bouche désirable qui se tend vers lui et s'entrouvre prête à m'avaler et me boire. Mais je ne lui octroierai pas ce plaisir. Jamais encore elle n'a connu le goût de mon sexe. Jamais encore je n'ai empli sa bouche. Plus tard, peut-être… un jour…. quand je le déciderai… Mes yeux plantés dans les siens enfin quémandeurs et soumis, mon foutre gicle sur son visage et se mêle à ses larmes.

La caméra toujours en marche a tout enregistré de ces moments de désir et de plaisir où j'essaye de te posséder, de te prendre et de te garder. De te faire mienne.

Plus tard, je reverrai tout cela. Images volées de ses instants inoubliables. Je te regarderai jouir et gémir et revivrai l'émotion de ces instants fugitifs où notre désir nous a poussés vers nos limites et où j'ai cru, mon amante rebelle, te posséder.

Célébration

La pièce au plafond voûté est vaste. Chichement éclairée par des bougies plantées dans de lourds candélabres d'argent, elle est plongée dans la pénombre et des ombres dessinent d'étranges arabesques sur les murs de pierre brute. Le silence règne seulement rompu par un sourd battement de percussions qui fait écho aux battements de mon cœur. Pourtant, je suis loin d'être seule. Il y a Toi, bien sûr, dont je sens la présence rassurante en retrait dans mon dos. Et puis tous ces hommes et femmes qui nous entourent vêtus de cuir pour certains, à demi dénudés et recouverts de chaînes pour d'autres. Assemblée muette et intimidante qui m'observe.

Il y a un instant lorsque j'ai franchi le seuil de cette pièce et que j'ai entendu la lourde porte de bois cloutée se refermer dans un claquement sec et définitif dans mon dos, j'ai jeté, impressionnée, un bref regard autour de moi. Mes yeux effarés se sont brièvement posés sur les divers instruments disposés dans la vaste salle : croix, chevalet, pilori, treuil... Mais aussi suspendus aux murs prêts à être saisis : fouets aux longues lanières de cuir, cravaches, canne en bambou, pinces, gods... Des chaînes également certaines épaisses, d'autres, très fines, des cordes, des menottes... Tout un arsenal inquiétant qui aurait dû me faire frémir de peur, mais qui, au contraire, a fait naître en moi une sauvage excitation et m'a confortée dans ma décision d'aller au bout de cette épreuve que tu (je) m'imposes ce soir en gage de ma totale et irréversible soumission. J'ai voulu ce défi. T'ai supplié de m'accorder cette faveur de me donner, enfin, à Toi totalement. De Te prouver ma parfaite et entière obéissance. J'ai tremblé d'impatience dans l'attente de ce moment. Et si mon ventre se tord maintenant et mon cœur bat la chamade, ce n'est pas à l'idée de la souffrance que je vais devoir endurer, mais par peur de ne pas être à la hauteur de ce qui va me permettre d'être définitivement liée à Toi, Mon Maître Tout Puissant que j'aime au-delà de toutes limites. Au-delà de toutes raisons !

Souvent, il m'arrive de me demander comment faire comprendre à ceux qui sont à hors de notre cercle, la véritable nature du lien qui nous unit. De l'extérieur, il est si facile de n'y voir que contrainte, mépris, souffrance, assujettissement, perte de dignité... Alors, qu'en réalité, c'est tout le contraire ! Bien sûr, j'abdique toute volonté pour me soumettre à la Tienne seulement, j'accepte de plier devant Toi, je supporte les tourments que Tu m'infliges, je consens aux humiliations que Tu m'imposes ! Mais tout cela, c'est librement et en toute conscience que je l'exige de Toi qui n'a d'autre choix, finalement, que de me l'accorder. Ambivalence prodigieuse et fascinante de la relation Maître/soumise où l'on ne sait plus vraiment qui Domine et qui se Soumet !

Un instant, mon regard s'arrête sur une jeune femme juste revêtue d'un porte-jarretelles et de bas. Les bras, relevés haut au-dessus de sa tête, attachés par des bracelets en cuir à une épaisse poutre, elle a les jambes maintenues ouvertes par une barre d'écartement fixée à ses chevilles. Sur ses seins brille l'acier froid des pinces qui mordent cruellement ses tétons. Elles sont reliées entre elles par une chaîne à laquelle ont été suspendus de lourds poids qui allongent démesurément ses mamelons cramoisis par la tension. Son clitoris ainsi que ses nymphes sont pincés et distendus de la même façon. Au rictus qui déforme ses lèvres, je devine la douleur que doit lui faire éprouver cet étirement. Au fond de la pièce, un jeune esclave est enfermé accroupi dans une étroite cage aux épais barreaux. Son visage et ses fesses sont coincés dans deux alvéoles disposées à chacune des extrémités de la cage. Un mors solidement fixé autour de sa mâchoire maintient sa bouche grande ouverte prête à recevoir les sexes qui peuvent se présenter. Son anus, rendu béant par un plug anal d'un diamètre conséquent, est également disponible. À mon entrée, un Dom se dirige vers la cage. Après avoir retiré le plug, il se met à besogner méthodiquement son cul alors qu'un autre, masqué d'un loup, a déjà englouti sa queue dans la bouche offerte et s'y masturbe longuement tandis qu'une soumise agenouillée à ses pieds le lèche avec application.

Aux quatre coins de la pièce, accroupis face contre le mur et le corps entravé d'épaisse corde de chanvre, quatre esclaves, deux hommes et deux femmes. De grosses bougies ont été plantées sur leurs fesses dénudées et aux tressaillements incontrôlables qui parcourent leur dos en vagues successives, je devine la brûlure de la cire dégoulinante sur leur chair nue. Je ne peux, à la vision, de ces corps offerts et martyrisés, retenir un frisson d'angoisse et d'impatience mêlées que tu as dû sentir. Ta main, posée sur mon épaule, affermit sa pression comme si tu avais voulu me rassurer et me transmettre ta force.

Tu me conduis au centre de la pièce. Je suis dans un état second, à la fois excitée et tremblante d'effroi. Lentement, tu me dévêts. Posément, tu dénudes mon corps et le dévoiles peu à peu à l'assemblée qui nous entoure silencieuse. Je te laisse faire sans rien dire. Seul le léger frémissement qui parcourt ma peau fait transparaître mon émoi d'être ainsi exposée à cette foule qui m'observe sans aucune indulgence. Puis, d'une souple poussée dans mon dos, tu m'entraînes et me fais faire le tour de la pièce pour me présenter seulement revêtue de mes bas et de mes escarpins, cul orné d'un rosebud, aux Maîtres et Maîtresses. Certains se contentent de me regarder et te demandent parfois des précisions sur le niveau de mon éducation. D'autres me réclament de tourner sur moi-même pour mieux apprécier la courbure de mes reins et le galbe de mes cuisses. D'autres m'ordonnent de me pencher en avant et d'écarter de mes mains mes fesses afin de leur permettre de découvrir mon intimité et mon accessibilité. Rares sont ceux qui me touchent pour estimer l'élasticité de ma peau ou la fermeté de mes seins. Je me laisse faire. Docilement. Exécute sans rechigner ce qui m'est demandé. Les yeux baissés comme il sied à l'esclave que je suis ce soir. Seule ma respiration précipitée trahit mon trouble à être ainsi examinée, jaugée comme on le ferait pour du bétail. Je suis le centre d'intérêt de cette assemblée. Celle vers qui tous les regards convergent. Et mon cœur se gonfle d'orgueil à cette pensée. Car ce soir, enfin, je vais être consacrée au vu de tous dans ma qualité de soumise. Ce soir enfin je vais pouvoir faire la preuve de mon appartenance inconditionnelle à Toi mon Maître Adoré.

Tu t'éloignes et te positionnes derrière moi. Tu m'avais prévenue. Pour cette soirée, tu n'auras pour l'essentiel qu'un rôle de spectateur laissant au Maître des lieux, la direction des évènements et, bien sûr, la totale disponibilité de mon corps dont il pourra user à sa guise s'il le souhaite.

Un homme à la haute stature s'approche de moi. Torse nu, il est seulement revêtu d'un pantalon en cuir noir. Le haut de son visage est recouvert d'un masque en cuir également qui ne laisse apparaître que sa bouche aux lèvres fines et ses yeux. Il s'immobilise devant moi et me dévisage un moment de son regard bleu acier qui brille froidement dans les interstices du masque.

— Soumise, me dit-il d'une belle voix de basse qui résonne sous les voûtes de pierre, tu es ici ce soir de ton plein gré pour faire serment d'allégeance à ton Maître. Est-ce exact ?

— Oui, Monsieur, articulé-je la gorge nouée d'émotion

— Sais-tu ce que cela implique pour toi ?

— Oui Monsieur. À partir de ce soir, j'en fais le serment solennel devant vous et prends à témoin toute cette assemblée, j'appartiens corps et esprit à mon Maître et promets de lui obéir en tout. Je lui reconnais tout pouvoir sur moi et m'astreins à lui devoir dévotion et servitude. Je renonce à toute volonté propre pour me conformer à celle de mon Maître qui seul sait ce qui est bien et bon pour moi.

Malgré tous mes efforts, je ne peux empêcher ma voix de vaciller en prononçant ces mots terribles, mille fois répétés, qui me lient définitivement à Toi. Je me rends soudain compte qu'en m'engageant ainsi, je perds toute individualité pour me fondre dans la Tienne. Tout à coup, je doute… je me dis que je suis folle ! Un tremblement d'appréhension me parcourt à la perspective de ce à quoi je m'oblige, gouffre insondable qui m'attire vertigineusement auquel je ne peux ni ne veux échapper. En même temps, un frisson d'émotion me transperce en songeant à la force de ce lien intangible qui nous unit et qu'il me semble inimaginable de pouvoir rompre. Je n'ai pas d'autre choix que d'être plus forte que la peur insidieuse que je sens sourdre en moi. Ma voix s'affermit pour continuer :

— À partir de ce soir, Mon Maître aura tous les droits sur moi et il pourra user de moi comme il l'entend, quand il le souhaite et avec qui il veut sans que je ne puisse rien lui refuser. Je m'interdis toute contestation à ces ordres et serai toujours disponible pour Mon Maître dont je deviens la propriété exclusive et consentante. J'espère si Mon Maître l'autorise et s'il m'en juge digne, porter sur mon corps les marques de mon appartenance inconditionnelle afin que nul ne l'ignore. Je requiers cela en toute conscience et sans nulle contrainte. Ce sera mon ultime demande de femme indépendante.

— C'est bien. Tu vas donc recevoir les marques de ton appartenance si tel est toujours son désir et celui de ton Maître.

Cette épreuve va te faire terriblement souffrir. Te sens-tu capable d'endurer cette souffrance nécessaire qui seule prouvera ta détermination ?

— Oui Monsieur je le serai, dis-je cette fois d'une voix haute et claire. Pour mon Maître que je chéris.

En prononçant ces mots qui m'engagent irrévocablement, je ne peux retenir une crispation involontaire de mes mains. Je crains tellement d'avoir mal ! Mais je me raisonne. Je sais que la souffrance n'est qu'un passage. Qu'elle sera, ce que j'en ferai ! Jamais tu ne m'as fait souffrir ou ne m'as humiliée gratuitement. Chacun de tes gestes aussi durs qu'ils ont pu être, chacune de tes paroles ou chacun de tes ordres, aussi humiliants qu'ils aient semblé, ont toujours eu pour but ultime de nous permettre de découvrir ensemble des facettes inconnues du plaisir, de nous dépasser et sortir du carcan rigide du « bien-pensant » si limité et dénué d'intérêt à nos yeux. Et, surtout, ils nous ont donné la possibilité d'être en parfaite osmose ayant réussi à faire s'écrouler les barrières qui auraient pu, aussi peu que ce soit, s'élever entre nous. Toi, le Maître, moi, la soumise. Recto et verso d'une même médaille ! Alors, par une étrange alchimie, la souffrance se transforme en jouissance. Flèche ardente qui me transperce. Alors, je ne suis plus moi. Je m'envole et plane libérée de toutes entraves avec Toi, en qui j'ai une confiance aveugle, pour guide. Pour cela, pour cet instant magique où mon cri de douleur devient cri de plaisir, pour cette découverte fabuleuse, je te suis si reconnaissante !

J'ai tellement attendu cette soirée qui me consacre enfin dans ma qualité de soumise.

Je pense à tous ces mois qui viennent de passer pendant lesquels tu m'as patiemment éduquée, faisant tomber une à une toutes mes résistances, pardonnant mes réticences et punissant mes rébellions. Cette soirée est l'aboutissement de nos efforts, de nos désirs d'être parfaitement et complètement l'un à l'autre. Moi à Toi. Mais aussi, Toi à moi. Car si tu m'agrées comme ta soumise, je me donne sans condition à Toi Le Maître que j'ai choisi. Ainsi toute distance sera abolie entre nous et nous ne formerons plus qu'un.

— Maître Philippe, dit le maître de cérémonie, acceptez-vous toujours de prendre cette femelle comme votre soumise ? De l'aimer, la chérir et la protéger ?

— Oui, je le veux !

— À toi, femelle ! Avant toute autre chose, peux-tu me confirmer que tu parles librement et sans contraintes ?

— Oui, Monsieur, je vous le confirme.

— Acceptes-tu de devenir la soumise de Maître Philippe ? De l'aimer et lui obéir en toutes circonstances ? De lui accorder toute licence sur ton corps comme sur son esprit ?

— Oui, je le veux.

— En es-tu vraiment certaine ? Après ta promesse, nulle faculté de retour ne te sera concédée. Tu le sais, il n'y a pas de divorce possible entre un Maître et sa soumise !

— Je le sais, Monsieur. Ce que je souhaite du plus profond de mon être est d'appartenir sans condition à mon Maître que j'aime et vénère !

— Et bien puisque c'est ce que vous désirez tous les deux, reprend le Maître des lieux, je vais officialiser votre union.

Il esquisse un geste imperceptible. Immédiatement, une servante s'approche, yeux baissés. Elle est à demi nue seulement revêtue d'un corset étroitement serré autour de sa taille fine et de bas. Ses seins menus et hauts plantés, dont les tétons sont ornés de deux anneaux d'argent, ainsi que ses fesses aux galbes parfaits sont entièrement dénudés. Dans ses mains, elle tient un imposant collier en fer finement martelé qu'elle présente, avec déférence, au Maître. Il s'en saisit et, après m'avoir fait courber la nuque, me l'attache étroitement autour de cou avant d'accrocher au mousqueton qui y est fixé une laisse aux épais maillons qu'une deuxième jeune esclave lui tend. Ma tête ploie sous le poids du collier et de la chaîne, mais je me redresse, arborant avec fierté l'ornement barbare dont on vient de me parer. Déjà, une troisième servante, tout aussi peu vêtue, s'avance avec dans ses mains de larges bracelets en acier que le Maître lui demande d'attacher étroitement autour de mes poignets et de mes chevilles. Docilement, elle s'approche de moi. Je frémis imperceptiblement lorsque ses doigts se saisissent de mon poignet droit qu'ils étreignent d'une légère pression comme si, par ce simple geste, elle tentait de me rassurer. Mais je n'en ai pas besoin. Je n'ai pas peur ! Je sais ce qui m'attend et que j'ai voulu ! Au contraire, le contact froid de l'acier sur ma peau engendre en moi une sourde impatience qui me fait haleter. Une fois les menottes refermées, elle se saisit de la laisse et m'entraîne vers une roue en bois sombre qui trône menaçante au milieu de la pièce. Sans qu'il soit besoin de me dire quoique ce soit, je m'adosse contre les rayons et la laisse m'y disposer bras et jambes en croix. Lentement, la jeune esclave fixe les bracelets qui ceignent mes poignets et mes chevilles aux anneaux plantés dans le bois de la roue. Mais cela n'est pas suffisant. Mon corps doit être parfaitement immobilisé pour empêcher tout mouvement inopportun. Sur un ordre du Maître, elle lie autour de mes avant-bras et de mes cuisses d'épaisses sangles en cuir dont les boucles qui les maintiennent fermées s'enfoncent profondément dans ma chair. Mon torse subit le même sort et une lanière s'enroule sur mon ventre et me cloue définitivement à la roue. Ma tête à son tour est immobilisée par un cerceau en fer qui enserre étroitement mon front. Un nouveau frémissement me parcourt de me sentir ainsi offerte et exhibée sans que je ne puisse plus rien faire pour me défendre. Il suffirait bien sûr d'un mot de ma part pour que tout s'arrête. J'ai encore, pour quelques minutes, la possibilité de recouvrer ma liberté. Pour que les liens se délient. Pour que tu m'entraînes hors de cette pièce et que je reprenne ma vie d'avant Toi. Mais ce mot, je ne peux le prononcer. Je dois tenir ma promesse. Je t'ai juré, mon Maître, d'être courageuse et je le serai quoique cela puisse me coûter. Ne suis-je pas là pour te prouver la force de mon engagement et être digne de notre amour ?

Alors que la servante finit de river par des anneaux mon collier à la roue, je te distingue, à la périphérie de mon regard, qui m'observe fixement, adossé au mur de pierre. Ton visage est blême, tendu. Je t'adresse un sourire et essaye de te faire comprendre que tu n'as pas à t'inquiéter. Que je saurai te faire honneur !

D'un signe, le Maître de cérémonie ordonne à un jeune esclave de lui amener une tablette sur laquelle scintillent divers objets en acier. De la position que j'occupe, je ne peux pas vraiment les discerner, mais j'en connais la nature et mon ventre, malgré ma détermination, se crispe soudain de frayeur en même temps qu'une brutale pulsation contracte mon sexe offert que je sens se mouiller. Je suis terrifiée pourtant pour rien au monde je ne voudrais échanger ma place.

Le Maître vient se positionner à ma droite. Rapidement, il passe sur mon aréole un coton imbibé d'un liquide glacé qui fait se dresser instinctivement mon téton. Il attend quelques instants, puis il se saisit d'une espèce de tenaille tout en pinçant de sa main libre mon mamelon qu'il étire au maximum. Je serre les lèvres pour retenir un gémissement d'effroi lorsque je vois l'instrument s'approcher et que le métal froid se pose sur ma chair palpitante. Soudain, un déchirement intolérable vrille mon sein alors que la pince se referme brusquement et qu'un anneau transperce de part en part mon téton. Mon cœur fait un bond dans ma poitrine et ma respiration s'arrête. La douleur est brutale et irradie en moi en mille filaments incandescents. Posément, le Maître me contourne et vient se positionner à ma gauche. Il exécute lentement la même série de gestes sans se soucier de mes regards affolés. Mon cœur tambourine à tout rompre au fond de ma poitrine comme s'il voulait s'échapper hors de moi. Ma respiration sifflante s'accélère. De nouveau, la même douleur insupportable jaillit en une gerbe de feu alors que le deuxième anneau perce mon téton gauche. Cette fois, je ne peux retenir un feulement de bête blessée et un flot de larmes que je ne peux contenir mouillent mes joues. J'ai mal. Si mal. Une brûlure qui n'en finit pas de s'épanouir telle une fleur vénéneuse. Comme si des milliers d'aiguilles me transperçaient de leurs dards. Mes poings sont crispés et mes ongles s'incrustent dans la paume de ma main. Mon corps est pris d'un tremblement incontrôlable. Mon ventre se creuse sous l'effort que je fais pour ne pas me débattre et prononcer le mot fatidique qui mettrait fin à ce supplice qui, je le sais, ne fait que commencer.

Le Maître a maintenant pris place entre mes cuisses que les liens qui les enserrent maintiennent écartelées. Il reste un moment immobile à m'observer me laissant ainsi une dernière chance de demander grâce. Je le regarde fixement, la mâchoire crispée de détermination alors que les larmes ruissellent sur mon visage ravagé de douleur et j'esquisse un faible battement de cil pour lui marquer mon accord.

Ses mains se posent délicatement sur mon sexe et écartent soigneusement mes lèvres afin de bien dégager mon clitoris. Comme précédemment sur mes seins, il y passe le même liquide glacé qui a le mérite outre de désinfecter, d'anesthésier aussi peu que ce soit cette zone si sensible. Malgré tout lorsque l'anneau transperce le fragile bourgeon, mon corps s'arc-boute tétanisé par la douleur atroce qui m'embrase et je ne peux retenir un hurlement qui jaillit, strident, tant la souffrance est violente. Ma tête frénétiquement va de gauche à droite dans l'arceau qui la bloque. La pièce autour de moi semble soudain s'obscurcir comme si un brouillard profond l'avait envahie. De brutales contractions crispent mon corps et je sanglote sans retenue. Pourtant malgré la douleur qui m'emplit tout entière, j'éprouve au fond de moi une puissante exaltation. J'y suis arrivée. Je porte maintenant sur moi, fiché dans ma chair les signes tangibles de ma soumission.

Je te cherche des yeux. Toi seul peux me donner la force de continuer. J'ai un besoin viscéral de ta présence à mes côtés. Tu es là, le regard hagard braqué sur moi, le torse tendu en avant comme si tu voulais te précipiter vers moi. Je te souris faiblement, rassurée.

— Maître Philippe, lance le Maître de cérémonie, si vous le souhaitez vous pouvez venir plus près admirer les nouveaux ornements de votre soumise. Elle s'est, jusqu'à maintenant, parfaitement comportée et je pense qu'elle mérite une petite récompense !

Tu t'approches lentement, le visage crispé d'émotion. Tendrement, tu essuies les larmes qui maculent mes joues. Ton toucher est si doux. Je me noie dans tes yeux pour y puiser le courage nécessaire de continuer. Nos lèvres se joignent en un baiser qui me fait oublier les tourments que je viens de subir.

— Mes nouveaux bijoux vous plaisent-ils, Maître ? arrivé-je à lui souffler, la gorge nouée.

— Beaucoup. J'ai fait un excellent choix ! Je suis très fier de toi ma chienne.

— Merci Maître.

— Le plus dur reste à venir, tu le sais…

— Je le sais, Maître et j'ai très peur…

— C'est normal ma chienne ! Sinon quel serait l'intérêt ? Mais je suis sûr maintenant que tu vas y arriver ! Je compte sur toi pour ne pas me décevoir !

Sur ces mots qui me font frémir, tu t'éloignes de moi et me laisses à nouveau seule face à mon bourreau.

Épuisée, ma tête bascule en arrière alors que mon corps s'apaise lentement. La douleur est toujours là, lancinante, mais peu à peu, je l'apprivoise, la contrôle. Je reprends lentement conscience de ce qui m'entoure, de ces hommes et femmes qui me regardent le souffle en suspens. Certains Doms, excités par le spectacle auquel ils viennent d'assister ont demandé à leur soumis ou soumise de les prendre en bouche et je vois les têtes s'agiter en cadence sur les sexes fièrement érigés. Un jeune esclave agenouillé le visage plongé entre les cuisses de sa Maîtresse la lèche consciencieusement alors qu'un Maître le sodomise à grands coups de rein.

Je te vois, Toi.

Mon regard glisse le long de ton corps et se pose sur ton entre-jambes. À la vue de la formidable érection qui tend ton pantalon, une nouvelle crispation me parcourt, mais cette fois de désir. Aussi incroyable que cela puisse paraître, malgré la douleur qui irradie en pulsations continues en moi, j'éprouve une bouffée de pure convoitise. Je voudrais tant, à l'instar de ces esclaves, te prendre dans ma bouche, t'engloutir au fond de mon vagin dégoulinant de sève, t'accueillir dans mon cul qui palpite comme doué d'une vie propre et te sentir m'inonder de ton nectar. J'ai tellement soif de Toi, Mon Maître, Mon Amour. Nous nous regardons un moment. L'amour que je lis dans tes yeux, toi qui d'habitude mets un point d'honneur à cacher tes sentiments, me rassure et me conforte dans ma résolution d'aller jusqu'au bout de cette épreuve qui ne fait que commencer.

Il me reste maintenant à recevoir la marque ultime qui témoignera de manière indélébile de ma soumission.

Le Maître de cérémonie est de nouveau debout à ma droite. D'un mouvement de main, il t'invite à venir le rejoindre. Une nouvelle fois, il cherche dans mes yeux mon assentiment avant de continuer son office. Puis il demande à une soumise d'approcher de la roue contre laquelle je suis crucifiée, une petite table sur laquelle est déposé un brasero. Je fixe le plafond voûté et m'efforce de trouver au fond de moi la force de supporter ce qui va suivre. Puis je te regarde et puise dans ton regard attentif ce courage dont j'ai besoin pour endurer cette torture ultime et inévitable. De toutes mes forces, j'essaye de me détendre, de ne pas penser à ce qui va arriver qui m'emplit de terreur. Du coin de l'œil, je vois le Maître saisir une tige dont l'extrémité était déposée dans le brasero et te la tendre puisqu'il revient à Toi seul, Mon Maître Bien-aimé, de me marquer de ton sceau.

Mon ventre se contracte en un spasme nauséeux. Je sais que cette extrémité incandescente que tu présentes rougeoyante devant mes yeux affolés, est constituée de nos initiales stylisées entremêlées. Malgré tous mes efforts, je ne peux retenir mes gémissements quand la tige ardente s'avance vers ma hanche. Mon corps se rétracte instinctivement, essaye en vain d'échapper à la chaleur qui s'approche inexorablement et qui m'emplit d'une panique animale. Ma respiration s'accélère, sifflante, tandis que mon cœur, terrorisé, tambourine à tout rompre dans ma poitrine. Mes muscles tétanisés se contractent fébrilement en une folle sarabande. Autour de nous, l'assemblée comme hypnotisée par ce qui se passe est figée dans un silence total et une immobilité absolue. Seul le battement syncopé des percussions retentit et résonne dans la pièce amplifiant mon angoisse. Un mot de ma part pour que tout s'arrête instantanément.... un unique mot... Le dire ? Maintenant... Non, impossible ! La tige s'approche... Je sens sa chaleur... qui, déjà, échauffe ma peau... Je ferme les yeux... Je ne veux pas voir... De plus en plus brûlant.... J'ai peur... Ma respiration se saccade en gémissements discontinus.... de petits jappements plaintifs s'échappent de mes lèvres.... Je ne suis plus qu'un animal apeuré pris au piège... mes yeux s'écarquillent... hagards... Envie de hurler ma terreur... Chacun retient son souffle quand le bout ardent se pose sur ma chair dans un grésillement horrible et que mon cri déchirant retentit et rebondit, vibrant d'une souffrance infinie, sur les murs de pierre. La douleur est fulgurante. Terrible. Insupportable. Infernale. Elle m'emporte, me submerge. Je sombre dans un puits sans fond...

Lorsque je reprends conscience, je me rends compte que l'on m'a détachée de la roue et que je suis allongée sur un large canapé, le dos calé dans de profonds coussins de velours grenat. Tu es agenouillé à mes côtés et tu serres mes mains dans les tiennes. Tu me murmures doucement à l'oreille des mots d'apaisement. Tu me dis ta fierté. Ton amour. Je te souris à travers mes larmes. Je suis heureuse.

Je suis à Toi et j'en suis fière.

La punition

— A ton avis, quelle punition mérite ton indiscipline ?

Je déglutis péniblement, comprenant que c'est moi qui vais devoir fixer le niveau de mon châtiment. C'est-à-dire le degré de souffrance ou d'humiliation que me vaut ma faute. Un moment, j'hésite. Je sais que la punition ne peut en aucun cas être trop faible. Maître ne me le pardonnerait pas. Mais en même temps, je rechigne à fixer quoi que ce soit. Mon corps est encore endolori par le traitement qu'il a dû endurer hier au soir. Je ressens dans mon cul des élancements douloureux, souvenir des intrusions répétées et brutales qu'il a subies. Quant à mes seins, j'ai l'impression que mes tétons ont doublé de volume d'avoir dû souffrir pendant de si longues heures la dure morsure des pinces. Mais mon Maître s'impatiente.

Je me remémore rapidement la raison qui me vaut ce châtiment. J'étais en pleine réunion de travail lorsque mon téléphone avait vibré. Un bref regard sur l'écran m'avait appris que c'était Maître qui m'appelait. Normalement, c'est ce que Maître exige de moi, j'ai l'absolue obligation, quoi que je fasse et où que je sois, de prendre la communication. Mais là, impossible ! Déjà, mon directeur me regardait avec désapprobation me reprochant muettement de ne pas avoir complètement éteint mon téléphone. Totalement inenvisageable dans ces circonstances de répondre et encore moins de m'éclipser ! De nouveau, le téléphone avait vibré faisant état de l'impatience de Maître. Je l'avais alors éteint, avec, je dois bien l'avouer, une certaine insouciance, me disant que je l'appellerai dès la fin de la réunion. Ce que j'avais, évidemment, fait... mais plus d'une heure après ! À ce moment-là Maître n'était plus, ou n'avait pas voulu être disponible et j'étais tombé sur son répondeur. À plusieurs reprises, j'avais, au cours de l'après-midi, essayé de le contacter. Sans y parvenir, bien sûr ! À la fin de la journée, j'avais rejoint, le cœur étreint d'une sourde appréhension, notre appartement où déjà Maître m'attendait. Il m'avait accueilli sans un mot. Le visage fermé. Les yeux durs et froids. Je sentais gronder sa colère.

Et maintenant, je suis devant lui, accroupie, tête baissée, bras croisés derrière mon dos, complètement nue. Pour être précise, je suis agenouillée sur le carrelage dur dans cette position inconfortable depuis plus de deux heures et je ressens dans mes genoux et mes reins une douleur aiguë qui se propage jusqu'à mes épaules.

Maître n'avait pas eu besoin de me dire quoique ce soit pour que, à peine arrivée, je prenne immédiatement cette posture. Je sais que c'est ainsi que je dois attendre, et cela aussi longtemps qu'il le juge bon, sa sentence quand je commets une faute. Mais jamais encore il ne m'avait fait patienter ainsi si longtemps. Pendant tout ce temps, mon angoisse montait d'un cran à chaque minute qui passait. Je l'avais entendu vaquer à ses occupations habituelles tournant autour de moi comme si j'avais été transparente. Comme si je n'avais été qu'un meuble qu'on contourne avec désinvolture sans y prêter la moindre attention. Comme si je n'étais pas là. Je me dis que c'est peut-être cette indifférence qui est le pire des châtiments pour moi. Quand j'ai l'impression de ne plus exister à ses yeux et de devenir invisible.

Maintenant, il est debout devant moi. Masse imposante vêtue de noir qui me domine.

— Alors, me lance-t-il impatiemment, j'attends !

Craintivement, je lève mes yeux vers lui et murmure d'une voix hésitante.

— ..... 30 coups de cravache, Maître... bien appliqués

— Oui.... cela me semble correct. Mais j'ajoute 10 coups pour avoir osé lever les yeux vers moi sans que je t'en donne l'autorisation. Donc 40 au total. Tu auras droit à 20 coups sur ton dos et tes fesses et 20 coups sur ton ventre et tes seins. Je te préviens que chaque gémissement, chaque plainte te vaudra 5 coups supplémentaires. Cela me semble équitable, non ?

— Oui, Maître, arrivé-je à bafouiller misérablement.

— Alors va chercher la cravache. Je veux celle en cuir tressé noir et rouge et à bout plat... je sais que tu l'adores.... et ensuite mets-toi en position.

Je frémis, car il s'agit de la cravache que je crains le plus. Ses cinglements sont terriblement cuisants et marquent mon corps de larges traînées écarlates qui prendront plusieurs jours à disparaître. Mais je sais que de toute façon, je ne peux y échapper. Je me dis que, pour la peine, mon directeur me devrait une augmentation conséquente... Résignée, je me redresse et vais chercher l'instrument de torture. Après cette longue immobilité, tous mes muscles sont ankylosés et je ne peux retenir un gémissement quand mes jambes se détendent.

— Et cinq coups de cravache en plus, me lance méchamment Maître. À croire que tu aimes ça !

Je le regarde, éplorée, comprenant que la punition a, en fait, déjà commencé. Mais je ne dis rien, inutile d'accroître son ressentiment à mon égard. Quarante-cinq coups de cravache... je m'en tire finalement à bon compte ! Je me dirige vers le meuble où sont rangés nos instruments de jeu. Je me saisis de la cravache et la tends à Maître avant de m'accouder, jambes écartées, reins offerts à la table du salon.

— Bien, nous allons commencer. Tu dois bien te douter que la punition va être TRÈS sévère et à la mesure de ton indiscipline. Je ne peux tolérer de ta part, quelles que soient les circonstances, une telle attitude. J'exige de toi, martèle-t-il avec violence, une TOTALE et ABSOLUE disponibilité. Où que tu sois, quoique tu fasses et avec qui que tu sois ! Quand je téléphone, tu réponds. IMMÉDIATEMENT ! Quand je te dis de venir, tu viens comme la chienne obéissante que tu es ! Quand je t'ordonne de te laisser enculer comme une putain, tu te laisses enculer. Quand je t'enjoins de sucer mes amis, tu les suces. Quand j'ai envie de t'utiliser comme un vulgaire vide-couille, tu deviens un trou à sperme. C'est aussi simple que cela ! Et rien, tu entends RIEN ne peux justifier que tu ne fasses pas ce que je te commande. J'ai tous les droits sur toi, sur ton corps, ton esprit et toi tu n'en as aucun. Tu m'appartiens ! Et je ne saurais tolérer de ta part le moindre manquement ! Rien à foutre de tes réunions ou de ton directeur ! TU ES À MOI ET À MOI SEUL ET TU OBÉIS !

Les mots que m'assène Maître me fouettent aussi violemment que la cravache dans un moment. Mes yeux se remplissent de larmes. Je titube sous la brutalité de ces mots si incontestables pourtant. N'est-ce pas ce à quoi, en toute liberté, je me suis engagée ? J'ai tellement honte et suis si malheureuse de lui avoir

129

déplu. Je comprends que je ne dois espérer aucune pitié et que je vais avoir très mal. Mais je n'en veux pas à Maître. Il a raison, ma disponibilité fait partie de notre pacte et sa punition est légitime.

Je me tends lorsque je l'entends s'approcher dans mon dos. Prenant son temps, il s'installe juste derrière moi. Perfidement, il fait glisser le long de ma colonne vertébrale la fine tige de cuir flexible. Un frémissement me parcourt. Pourtant si je crains ce qui va suivre, je ressens en moi cette impatience qui m'étonne toujours autant. Comment l'attente de la souffrance peut-elle engendrer en moi autant de désir ? Car il s'agit bien de désir, inutile de me le cacher. Désir physique d'éprouver dans ma chair, mon appartenance et ma servitude à Maître, sources de jouissance inépuisable et infinie. Quand sa main tombe sur moi et fait s'embraser chaque parcelle de mon corps, quand il serre autour de mes seins, de mon ventre des cordes, quand il accroche à mes tétons de lourdes pinces d'acier, quand il m'écartèle de son sexe épais, alors je ne m'appartiens plus. Je deviens le prolongement de Maître. Et je ressens un bonheur sans limites.

À cet instant, je désire plus que tout expier ma faute et l'extirper de ma mémoire.

Sans autre préavis, Maître m'assène un premier coup cinglant sur le bas des reins qui me fait, quoique je m'y attendais, sursauter par sa dureté. À grand peine, je retiens un cri. Si toutefois il me restait un doute, je sais maintenant au plus profond de ma chair qu'il ne s'agit pas de nos jeux habituels. En fait, je me rends compte que je vais, ce soir, faire véritablement l'expérience de mon engagement de soumission et d'obéissance. Mon ventre se tord d'appréhension. J'ai soudain de la peine à respirer alors que mon cœur se met à palpiter, affolé, au fond de ma poitrine qu'un étau de fer semble comprimer. Deux autres coups me sont portés avec une égale violence toujours sur le bas du dos et engendrent une brûlure intolérable. Le quatrième et cinquième coup de cravache tombent, eux, sur le haut de mes cuisses. Ils ne sont pas moins violents. Des larmes jaillissent incontrôlables de mes yeux alors que je me mords désespérément les lèvres pour ne pas hurler. Mais au sixième coup qui atterrit à la jointure de mes jambes, zone particulièrement sensible, je laisse échapper un cri étouffé.

— Dommage, dit Maître d'une voix narquoise, ce corps si délicieux va devoir subir cinq autres flagellations supplémentaires. Nous en sommes donc à 50.

Sans que je sache comment, j'arrive à retenir mes gémissements alors que Maître, insensible à la souffrance qu'il m'inflige continue, imperturbable à me cravacher sans adoucir le moins du monde la rudesse de ses fustigations. Passé le vingtième coup, d'un mouvement brusque, il me fait me retourner et m'intime d'écarter mes jambes et de joindre les mains derrière ma nuque afin de bien dégager mon torse.

— Tiens-toi bien droite ! m'ordonne-t-il. Sois fière et honorée de recevoir cette punition de ma main !

Puis, il abat sèchement la cravache en travers de mes seins faisant en sorte que le bout plat cingle mes tétons. La douleur est violente et se propage en un éclair de feu dans tout mon corps. Instinctivement, je ferme les yeux, mais Maître m'enjoint d'une voix autoritaire de les rouvrir. Il exige que je regarde la cravache s'élever avant de retomber dans un sifflement strident sur moi.

— C'est beaucoup plus excitant ainsi, tu ne trouves pas ? lance-t-il perfidement.

Tout aussi violemment, il vise mon clitoris sur lequel il fait siffler la cravache deux fois d'affilée. Je n'en peux plus. C'est insupportable. Une nouvelle plainte s'échappe de moi.

Je sais que cela va faire durer davantage mon supplice, mais il m'est impossible de retenir ce faible geignement de bête blessée.

— 55, persifle Maître.

Impassible, Maître tient le compte des coups supplémentaires que me valent chacune de mes plaintes. De quarante, la punition est maintenant passée à soixante ! Désespérément, au bord de l'évanouissement, je me mords les lèvres et, mais je ne peux retenir mes gémissements. 65... 70... 85... Imperturbable, Maître tient méticuleusement le décompte de mon calvaire. La cravache a déjà flagellé 55 fois mon corps qui est maintenant en feu. Encore 30 flagellations ! Je dois me taire si je ne veux pas que la punition s'alourdisse davantage. Je sanglote de plus belle le visage dévasté par la douleur alors que je vois la cravache s'élever et descendre dans un mouvement d'une immuable puissance. Maître a raison, la vision de cette cravache qui monte et retombe est terrible. Avant même qu'elle ne me touche, j'anticipe la force de la lacération à venir et la souffrance qu'elle va engendrer sur ma chair martyrisée striée maintenant de profondes zébrures rouges. Mais, en même temps, cela m'aide à retenir mes cris et à ralentir le compteur final.

À chaque nouveau coup, mon corps se rétracte avant de se convulser de douleur. Un désir irrépressible de me recroqueviller m'étreint, mais j'arrive à rester debout, stoïque malgré le tourment qui me ravage. Chaque coup est maintenant comme une décharge électrique qui me fait tressauter. Des éclairs étincellent devant mes yeux hallucinés. Une lave bouillonnante semble circuler dans mes veines. Par intermittence, en dépit de tous mes efforts, un faible geignement incontrôlable s'échappe de mes lèvres exsangues, immédiatement comptabilisé par Maître. Nous en sommes maintenant à 135 au total ! Jamais je ne pourrai en supporter autant !

Arrivé à 90, Maître s'arrête essoufflé, le visage luisant de sueur. Dans ses yeux brille une étrange lueur faite à la fois d'affliction et d'excitation. Irrésistiblement, mon regard est attiré par la bosse qui tend son pantalon. La vue de son érection m'émeut au plus profond et, malgré la souffrance qui m'habite, je sens soudain mon vagin pulser et se mouiller de désir. Me jeter à ses pieds, le supplier d'arrêter là cette punition, de me prendre… Bien sûr, je n'en fais rien et reste droite et silencieuse sur mes jambes pourtant flageolantes.

Lentement, je reprends mon souffle. Je sais que mon calvaire est loin d'être fini. Tout juste si nous avons dépassé la moitié du décompte final qui risque, je le crains, compte tenu de mon hypersensibilité, de s'allonger.

Maître, un long moment m'observe comme s'il tentait de jauger ma capacité d'endurance. Puis il s'avance vers moi et me demande sur quelle partie du corps je préfère recevoir les 45 derniers coups que me valent mes plaintes.

Incrédule et hagarde je le regarde. Je me sens défaillir. Comment peut-il me demander une chose pareille alors que tout en moi réclame que cesse cette torture ? Mais il ne plaisante pas. D'une voix faible et chevrotante, je lui indique que je préfère le dos qui me semble plus apte à supporter de nouvelles flagellations. Sans qu'il lui soit besoin de me l'ordonner, je reprends ma position accoudée face à la table et lui tends, toute résistance rompue, ma croupe.

Un moment, mon Maître reste immobile comme indécis devant ma complète abdication puis, sans plus attendre, d'un mouvement rapide, sans interruption, m'assène les 45 derniers coups de cravache qui lacèrent cruellement mes fesses, le haut de mes cuisses et mon dos déjà sensibilisés.

Alors que la cravache s'abat sur moi, je sens venir de l'intérieur de mon corps une boule incandescente qui grossit, s'épanouit et éclate soudain en une gerbe étincelante et flamboyante. Je ne retiens plus les hurlements qui jaillissent et me délivrent de ma souffrance. Jouissance farouche. D'une sauvagerie brutale. Diamant pur qui me déchire et m'emporte. Un moment, je reste figée, tremblant de tous mes membres. Au bord de l'évanouissement. Mes larmes coulent sans que je puisse les retenir. Je me sens si faible alors qu'en moi bouillonnent les derniers relents de l'orgasme que je viens de ressentir. J'éprouve une étrange exaltation d'être parvenue au bout de cette épreuve et d'avoir prouvé à Maître ce que j'étais capable d'endurer. J'ai mal, très mal, mon corps est fourbu et pourtant je me sens bien. Légère. Libérée. Mais déjà Maître s'approche de moi. Tendrement, avec me semble-t-il une esquisse de respect, il me fait me redresser et essuie avec un gant tiède mon visage. Peu à peu, je reprends mes esprits alors que ses mains effleurent mon corps meurtri.

Sans force, je le laisse m'amener vers le canapé où il me fait confortablement installer. Je tressaille au contact du tissu pourtant doux sur ma chair à vif.

— Je crois que tu mérites un peu de réconfort. Toute punition a pour corollaire sa récompense. Cela aussi fait partie de nos accords. Viens près de moi ma tendre et douce soumise, me dit-il alors que ses lèvres happent délicatement mon téton droit....

Rendez-vous insolite

En ce chaud après-midi de juin, Laura marchait d'un pas pressé un lumineux sourire aux lèvres sur l'avenue ensoleillée. À aucun moment, les passants qui la croisaient, n'auraient pu s'imaginer que cette femme au visage serein et d'allure très sage dans sa légère robe blanche allait dans quelques minutes se soumettre à son Maître qui pourrait l'utiliser comme bon lui semblerait.

Laura était heureuse de ce rendez-vous qu'Alain et elles avaient programmé quelques jours auparavant. Depuis, Laura avait lentement senti monter en elle cette chaude excitation qui étreignait parfois son ventre dans un tel étau de désir qu'involontairement elle se cambrait et haletait comme en manque d'air. La force de son amour pour Alain, chaque jour plus omniprésent en elle, ne laissait pas de l'étonner. Jamais encore elle n'avait ressenti de façon aussi impérieuse comme un besoin vital, une telle attirance pour un homme. C'était vraiment beaucoup plus que du désir. De l'amour ! C'était cela, l'irruption entre eux de l'amour, qui avait fait toute la différence. Cela avait agi sur elle comme un détonateur qui avait ouvert grand les vannes de ses émotions et lui avait permis de s'abandonner totalement à Alain et lui laisser le total contrôle de tout son être.

Ne lui avait-elle pas promis avec une facilité déconcertante, mais résultant d'une conviction qui ne laissait place à aucune alternative, l'exclusivité de son corps ? Sauf, bien sûr, si Alain en décidait autrement. Elle qui jusqu'alors avait papillonné sans états d'âme d'un homme à l'autre, n'en revenait toujours pas de cette promesse. Elle savait avec certitude que si, une seule fois, elle faiblissait et se laissait tenter, c'en serait fini de leur relation et cette éventualité la fit soudain, malgré le chaud soleil, frissonner d'angoisse. Comment concevoir la vie sans Alain alors qu'elle lui avait tout donné d'elle, sans aucune restriction ? Elle se dit que si Alain partait et la laissait, il ne lui resterait plus rien. C'était inquiétant cette dépendance qu'elle ressentait vis-à-vis de lui. Pourtant, pour rien au monde, elle n'aurait voulu s'en défaire et encore moins s'en libérer.

Malgré tout, Laura sentait au fond d'elle cette anxiété habituelle qui l'étreignait à chaque fois. Non qu'elle craigne ce qu'elle aurait à subir, au contraire cela la remplissait d'impatience, mais elle appréhendait toujours de ne pas arriver à donner entièrement satisfaction à Alain et de ne pas être à la hauteur de ses exigences. De faiblir. Alain était en dépit de la tendresse dont il l'entourait et qui la faisait fondre, un Maître exigeant. Bien sûr, il lui pardonnerait ses faiblesses, mais, elle, elle saurait sa déception. Et c'est cela, plus que tout, qu'elle craignait. Le décevoir. Ne pas être capable de répondre à son attente. Jusqu'à maintenant, quoiqu'il ait pu lui en coûter parfois, Laura avait toujours réussi à retenir au bord de ses lèvres le mot fatidique dont ils avaient convenu pour que tout s'arrête immédiatement. Sauf une fois, se rappela-t-elle avec dépit, où complètement affolée, plus par l'intensité de ce qu'elle ressentait que par réelle douleur, ce mot lui avait échappé sans qu'elle puisse le taire. Comme elle l'avait regretté après... Pas cette fois, se jura-t-elle ! Cette fois, elle ne faillirait pas !

Elle accéléra le pas. Pressée d'arriver et se soustraire à ces pensées. D'un geste qui lui était au fil des jours devenu machinal, elle saisit entre son pouce et son index, la médaille que lui avait offerte, pour son plus grand bonheur, Alain qui y avait fait graver « Nickie, propriété de A » suivi de son numéro de téléphone. Nickie, c'était son nom de chienne donné par Alain !

« Tu comprends, lui avait-il dit en l'accrochant à son collier, je ne veux surtout pas que ma chienne se perde. J'y tiens trop ! Peut-être qu'un jour, pour plus de sécurité, je te ferai tatouer ou mieux encore pucer... » Laura avait frétillé d'aise à ces mots et s'était frottée, heureuse et comblée, contre les jambes de son Maître qui, tendrement, avait flatté sa croupe offerte. Quel bonheur d'être la chienne chérie de son Maître ! D'aucuns pouvaient trouver cela dégradant et humiliant, mais Laura en retirait un plaisir ineffable sans cesse renouvelé. Pour rien au monde, elle n'aurait voulu être autre chose que la chienne aimante et fidèle de son Maître qui prenait tellement soin d'elle !

Depuis, Laura gardait continuellement la médaille sur elle, accrochée à son soutien-gorge quand elle ne pouvait faire autrement. L'arborant fièrement à son collier dès que cela était possible. Impossible pour elle de s'en défaire ! Elle fit aller et venir lentement ses doigts sur la médaille et se rassura à son contact. Tout à l'heure, songea-t-elle en souriant d'aise, Alain l'accrocherait au collier dont il aurait ceint son cou et elle deviendrait véritablement Nickie, sa chienne, sa dalmatienne.

L'appartement d'Alain était comme à l'accoutumée plongé dans une douce pénombre et il y régnait une agréable fraîcheur. Il la fit entrer dans la cuisine qui donnait par une large porte-fenêtre ouverte, sur un jardin luxuriant de fleurs. Ils s'assirent face à face et, tout en buvant un verre de limonade bien fraîche, devisèrent un moment de choses et d'autres comme deux amants qui se retrouvent. Laura aimait ces instants de douce complicité qui précédaient toujours leurs jeux et qui lui permettaient de se détendre. De se mettre en condition... Parfois, elle se disait qu'un jour, peut-être, Alain lui demanderait de ne plus repartir. Au bout de quelques minutes, Alain se redressa et, tout en commençant à ranger les verres sur l'évier, lui indiqua qu'elle pouvait maintenant monter à l'étage et se mettre en tenue.

Elle opina de la tête et, sans ajouter un mot, gravit lentement l'escalier. Comme si elle montait au supplice, songea-t-elle avec un frisson. Mais un supplice ô combien agréable ! La preuve à chaque fois, elle revenait... Arrivée sur le palier, elle se dirigea vers la petite pièce qui s'ouvrait sur sa gauche dédiée tout entière à leurs jeux. Elle se déshabilla sans se presser et disposa soigneusement ses vêtements sur un cintre. Avec un plaisir non dissimulé, elle attacha autour de son cou son collier de chienne et y accrocha sa médaille non sans jeter un bref coup d'œil à l'inscription qui y était gravée. Chaque fois, qu'elle lisait ces mots d'appartenance, elle éprouvait toujours cette même crispation au fond de son ventre. Elle était donc devenue cela. La propriété d'Alain, Sa chose. Son animal. Et elle adorait ça ! Cette possession qu'elle ressentait au plus profond d'elle-même comme une évidence incontournable était source pour elle d'un bonheur infini. Le cœur pétri d'émotion, elle s'entendit murmurer : « mon Maître à moi, mon amour ». C'était pour elle comme pour lui, la plus belle des déclarations.

Elle se positionna entièrement nue au centre de la pièce, avec pour seul ornement son collier auquel était accrochée sa laisse, les bras croisés dans son dos et attendit qu'Alain vienne la rejoindre.

Elle était reconnaissante à Alain de ne pas lui imposer cet uniforme, guêpière, porte-jarretelles, bas… si communément de mise entre un Maître et sa soumise. Non pas qu'ils s'y refusent, loin de là, mais cela n'était pas pour Alain une condition nécessaire même s'il aimait parfois enserrer son torse d'un corset si étroitement serré autour de sa taille qu'elle en perdait le souffle ! En fait, Alain préférait la voir nue et désarmée, vulnérable, offrant sans aucun artifice les courbes de son corps à son regard. Au début, elle avait ressenti un peu de honte à lui dévoiler ainsi son corps aux formes qu'elle trouvait trop opulentes, mais qui justement le ravissaient lui. Maintenant, elle n'éprouvait plus aucune réticence à exhiber devant lui, ses hanches larges, son ventre rebondi, ses seins lourds de femme mature… L'oreille aux aguets, elle l'écoutait aller et venir à l'étage inférieur. Qu'attendait il se demanda-t-elle étreinte d'une impatience de plus en plus grande. Elle entendit la sonnerie du téléphone retentir et Alain répondre. Mais il lui fut impossible de saisir un mot de la conversation qui ne dura que quelques brèves minutes. Un moment, elle crut entendre la porte d'entrée s'ouvrir, mais se dit-elle, elle avait dû se tromper. Qui aurait pu venir ? De toute façon, elle était persuadée qu'Alain ne tolérerait pas d'être dérangé dans ces moments qu'il lui consacrait. Elle sourit en songeant qu'il aimait la faire attendre ainsi. S'il avait su combien elle aussi aimait cette attente qui mettait ses nerfs à vif. Enfin, elle entendit les marches de l'escalier grincer sous son pas. Lorsqu'il entra dans la pièce, elle baissa humblement les yeux à terre.

Alain s'approcha lentement d'elle. Laura retint son souffle. D'un mouvement à la fois tendre et cruel, il saisit entre son index et son pouce les mamelons transpercés par deux anneaux et les pinça tout en les étirant et les tordant. Laura exhala un soupir sous la douleur brutale qui tarauda brusquement ses seins, mais ne fit rien pour se soustraire aux doigts d'Alain. Au contraire, elle tendit imperceptiblement le buste en avant s'offrant davantage à son étreinte. Elle ne put toutefois retenir un léger cri et se mordit les lèvres quand la main droite d'Alain agrippa soudain à pleine main son pubis et l'étira rudement vers le haut comme s'il voulait le lui arracher. Alain était friand de cette puissante caresse qui, à chaque fois, coupait le souffle de Laura tant la souffrance qu'elle engendrait était virulente. Elle sentit un torrent de lave se déverser dans ses veines alors qu'une douleur quasiment insoutenable irradiait en elle en vagues successives.

Un long moment, ils restèrent ainsi. Lui, les doigts arrimés à ses seins et à son pubis. Elle, les yeux baissés sentant la douleur se propager en elle et se transformer en plaisir. Elle était toujours étonnée par cette alchimie mystérieuse qui s'opérait dans son corps qui transmutait une sensation dans une autre. Incroyable ! Au plus, elle avait mal, au plus elle sentait son vagin couler et des ondes de plaisirs la transpercer. Alain, bien sûr, en avait conscience qui intensifia la tension de sa main sur son pubis et la maintint ainsi, de longues minutes, en équilibre sur la pointe des pieds. Laura geignait doucement sans plus savoir si c'était de souffrance ou de plaisir, mais en tout cas, incapable du moindre signe de refus. Les yeux clos, elle laissait les sensations se diffuser en elle et la submerger. Alain, attentif, l'observait le visage crispé, mais le sourire aux lèvres. Oui, vraiment, sa chienne était heureuse et il était lui aussi heureux d'être capable, par le seul pouvoir de ses doigts, de la transporter ainsi hors d'elle et de lui procurer ce bonheur.

Enfin, il la lâcha. Fugitivement, elle regretta que ses seins, son sexe soient si vite délaissés. Mais déjà, Alain lui saisit la main et d'un geste à la fois autoritaire et tendre, l'amena sous l'épaisse poutre de bois sombre qui traversait de part en part le plafond et à laquelle était accrochées deux larges chaînes terminées par deux solides crochets. Laura sentit son cœur se serrer. Ainsi Alain avait l'intention de la suspendre !

— Tourne-toi vers la fenêtre, lui ordonna-t-il tout en se saisissant d'une paire de bracelets taillés dans un épais cuir, et tends tes bras.

Elle obtempéra sans un mot tout en se demandant, surprise, pour quelle raison il lui imposait de se disposer ainsi. D'habitude, il préférait qu'elle soit face au grand miroir qui tapissait tout le pan de mur à droite de la porte. Ainsi, elle n'avait aucune chance d'échapper au spectacle de son corps qui se balançait au bout des chaînes au rythme des coups de fouet. C'était pour elle, un supplice à chaque fois recommencé que de voir la fine, mais redoutable lanière s'élever et la flageller. Elle anticipait la brûlure à venir, avant même que la mèche la cingle. Torture subtile à laquelle Alain pour rien au monde n'aurait voulu la soustraire. Puis elle n'y pensa plus toute à la sensation des mains d'Alain sur elle l'attacher solidement.

Une fois les menottes étroitement fermées autour de ses poignets, Alain les fixa aux crochets et actionna une petite poulie. Les bras de Laura furent lentement étirés vers le haut, puis son corps suivit le mouvement. Si ses pieds reposaient encore sur le carrelage, sa position était maintenant quelque peu instable et elle devait fournir des efforts pour maintenir son équilibre. Dans un moment, elle le savait, elle sentirait les muscles de ses épaules se nouer sous la tension. Mais alors, songea-t-elle en posant ses yeux sur la table placée sous la fenêtre en face d'elle sur laquelle était disposé tout un assortiment de martinet, cravache, pinces, god..., elle aurait autre chose pour l'occuper. Et la douleur dans ses épaules lui semblerait somme toute anodine.

D'un léger coup de pied, il lui fit écarter davantage les jambes rendant sa posture encore plus instable. Puis, il positionna entre elles une barre d'acier qu'il fixa à l'aide d'épais bracelets de cuir à ses chevilles. La position était éminemment inconfortable. Laura sentit les muscles de ses cuisses se tendre dans l'effort qu'elle faisait pour ne pas perdre son équilibre. Un nouveau tour de la poulie et Laura s'éleva de quelques centimètres supplémentaires. Ses pieds quittèrent le sol et elle se mit à se balancer suspendue dans les airs. Posément, afin de la stabiliser, Alain fixa, à l'aide d'une chaîne, la barre d'écartement à des rivets plantés dans le mur. Puis il contourna Laura et vint se positionner devant elle.

Avec un frisson, elle vit qu'il tenait dans ses mains quatre petits poids. Il accrocha sans plus attendre les deux premiers à chacun des anneaux qui paraient ses grandes lèvres vaginales et les deux autres à ceux de ses mamelons. Les poids avaient beau être légers, à peine 100 g chacun, Laura savait par expérience que dans un moment elle sentirait son sexe et ses seins douloureusement étirés.

— Bien, lui dit-il, c'est parfait. Je reviens dans un instant.

Elle l'entendit sortir et descendre les escaliers. Qu'avait-il donc en tête ? Elle espérait qu'il n'allait pas la laisser ainsi trop longtemps. Déjà, elle sentait le poids de son corps étirer douloureusement les muscles de ses bras. Elle se cambra un peu pour essayer d'atténuer la sensation d'étirement, mais cela la fit osciller d'avant en arrière et accrut encore davantage la tension. Elle ferma les yeux et s'exhorta à se détendre et à respirer calmement. À ne plus penser à la douleur qui irradiait dans ses épaules et descendait le long de sa colonne vertébrale. De plus en plus brûlante au fur et à mesure que les minutes passaient. Interminables. Enfin, à son grand soulagement, les pas d'Alain qui remontait l'escalier résonnèrent.

Elle sursauta et tendit l'oreille. Il lui semblait percevoir le bruit d'une conversation. Alain qui déclarait « suivez-moi... par ici... au fond du couloir... elle est prête... » Laura se sentit tétanisée quand la porte s'ouvrit.

— Je vous en prie entrez... entendit-elle Alain dire à un inconnu que, dans sa position, suspendue comme elle l'était le dos à l'entrée, il lui était impossible de voir.

Désespérément, elle se tortilla essayant en vain de tourner un peu la tête. Le mouvement la fit se balancer et elle retint un gémissement en sentant ses muscles se tendre.

— Prenez donc place sur cette chaise, reprit Alain sans se soucier du trouble de Laura.

Il continua en s'adressant cette fois à Laura :

— Laura, cet après-midi tu vas avoir un spectateur. Je pense que tu n'y vois aucun inconvénient ?

C'était plus une affirmation qu'une véritable interrogation. Aussi s'abstint-elle de répondre. Qu'aurait-elle pu dire, de toute façon ? Qu'elle avait honte qu'un étranger la voie dans cette position ? Qu'elle sentait une rage sourde l'envahir à être ainsi exhibée sans qu'Alain ait jugé bon de l'en informer ? Qu'il aurait pu au moins la prévenir ? À quoi bon ? Avait-elle le choix ? N'avait-elle pas abdiqué toute volonté en franchissant le seuil de l'appartement de son maître ?

— Je compte sur toi pour offrir à notre visiteur une prestation sans défauts, reprit-il puis, s'adressant de nouveau à l'inconnu, comme vous pouvez le constater, j'ai préparé cette femelle de façon qu'il soit facile de l'utiliser. Elle est juste à bonne hauteur pour qu'on puisse la fouetter aisément sur la totalité du corps, et ce avec un minimum de fatigue. Vous devez toujours penser à cela avant une session de flagellation si vous ne voulez pas sentir votre bras s'ankyloser et donc être contraint de mettre un terme à la séance plus tôt que vous ne l'auriez souhaité. J'ai également suspendu cette femelle de telle sorte que ses pieds ne touchent plus le sol. Cela à l'avantage d'accroître outre de façon sensible les sensations occasionnées par le fouet qui vont se superposer à la douleur des bras ainsi étirés, mais aussi de permettre de la faire pivoter facilement et donc de pouvoir fouetter alternativement son dos ou son ventre. J'ai aussi, comme vous pouvez le constater, bloqué ses jambes avec une barre d'écartement. Ainsi, son sexe et son anus sont bien exposés. L'effet que provoquent les lanières quand elles retombent sur ces parties, d'une extrême sensibilité, est saisissant, vous vous en doutez ! Tout à fait réjouissant ! Cela est de plus très commode pour introduire dans ses orifices les objets souhaités, god, plug... légumes... ou toute autre chose ! Vous pouvez voir que le cul de cette femelle est actuellement garni d'un rosebud. Elle a pour instruction de toujours le porter. Ceci afin d'accroître l'élasticité de son anneau culier et permettre de l'enculer sans difficulté et sans douleur. Je ne vais pas vous rappeler l'extrême sensibilité de notre sexe !

— Ah ah ah, entendit Laura, mortifiée, s'éclaffer l'individu. C'est pas faux ! Mais dois-je comprendre que cette pute a constamment le cul empli ?

– Oui. C'est exact !

— Ça alors ! C'est incroyable !

— Si vous le voulez bien, continua Alain, je vais débuter l'exhibition par ce martinet afin de la stimuler en douceur. Puis j'appliquerai sur sa croupe quelques coups de cravache, une vingtaine devrait amplement suffire à l'échauffer, avant de terminer par le fouet nettement plus... tonifiant ! Ainsi vous aurez un aperçu assez exhaustif de ses différentes réactions à ces instruments de base.

En entendant Alain parler d'elle en ses termes comme si elle n'était plus qu'un simple objet dénué d'ouïes, Laura sentit sa rage se transformer en colère froide. Elle aurait voulu clamer haut et fort son indignation. Mais impossible pour elle de formuler le moindre son. Comme si les mots étaient bloqués au fond de sa gorge.

— Avez-vous des questions avant que je commence ? demanda Alain à l'inconnu.

— Oui, cette femelle éprouve-t-elle véritablement du plaisir ou au contraire se laisse-t-elle faire uniquement pour vous plaire ?

— Venez constater par vous-même ! Placez-vous dans son dos... Voilà comme cela ainsi elle ne vous verra pas... Tâtez donc sa chatte afin de vous en rendre compte par vous-même et dites-moi ce que vous en pensez.

Mortifiée de honte, Laura sentit une main sèche et froide s'immiscer entre ses jambes écartées et des doigts sans douceur glisser entre ses nymphes. Ses joues s'empourprèrent en entendant le clapotis que les doigts qui la trifouillaient impudemment faisaient naître qui ne laissait aucune équivoque sur son excitation.

— Effectivement… Cette salope est trempée. Vous aviez raison le fait de savoir être fouettée l'excite vraiment. Je suis surpris… Jamais je n'aurai pensé que…

— Et encore, nous n'avons pas vraiment commencé, le coupa Alain. Je vous la ferai de nouveau tâter à l'issue de la première séance de martinet.

— Combien de coups de martinet comptez-vous lui appliquer ?

— Une quinzaine seulement, mais uniquement sur son dos et ses fesses. Je veux qu'elle demeure réceptive pour la suite du traitement. Mais elle est capable de supporter beaucoup plus que cela… Nickie est une chienne, et non une salope d'ailleurs ! très endurante qui a à cœur de me satisfaire. N'est-ce pas Nickie ?

— Oui, Maître, acquiesça-t-elle d'une voix enrouée.

— Nickie présente-toi à notre visiteur. Dis-lui ce que tu es.

— Je m'appelle Nickie et je suis la chienne soumise et obéissante de mon Maître à qui j'appartiens, répondit Laura humiliée.

— Bien ma chienne. Nickie, dis au monsieur ce que tu éprouves quand je te fouette.

— Du plaisir ; Maître, bien sûr et de la reconnaissance.

— Pourquoi Nickie ?

— Parce que je t'aime mon Maître et que je suis ta propriété.

— Mais encore ?

— Et aussi…. parce que… parce que cela me plaît. Avoir mal de ta main Maître. Et ça me fait jouir.

— Vous voyez, reprit Alain, il n'y a aucune contrainte véritable. Si ce n'est celle librement consentie par ma chienne.

— Je vois, oui. Je dois dire que cela me surprend ! Mais n'est-ce pas frustrant pour vous ?

— Frustrant ? Pourquoi ?

— Je pense beaucoup plus jouissif de forcer vraiment quelqu'un… l'obliger sans se soucier de savoir ce qui lui plaît ou non.

— Vous parler de viol, là, monsieur et cela ne me concerne en aucune façon. Rien de tel entre Nickie et moi !

— Oui, mais là vous le contraignez bien contre son gré à s'exhiber et se faire fouetter devant moi !

— Certes. Mais vous avez pu constater son degré d'excitation ! Je sais souvent mieux qu'elle ce dont elle a envie. Mon rôle est

143

aussi de l'amener à découvrir des plaisirs qu'elle ignore ! Comme celui de s'exhiber devant... un inconnu.

Laura, en pleine confusion d'écouter parler d'elle comme si elle avait été dénuée de toute conscience, entendit l'individu reprendre sa place initiale. Mais était-ce vraiment un inconnu ? Il lui semblait reconnaître cette voix un peu rugueuse aux désagréables intonations doctorales.

— Me sera-t-il possible de lui assener quelques coups de fouet ? demanda l'homme. J'aimerais assez expérimenter l'effet que cela fait de fouetter une femelle.

Laura frémit en entendant la demande formulée par l'inconnu. « Tout, mais pas ça ! », songea-t-elle. Éperdue, elle regarda les yeux écarquillés de désarroi, Alain qui l'observa un moment en silence, comme s'il pesait le pour et le contre.

— Je crains, l'entendit-elle enfin dire, que je ne puisse vous accorder cette faveur. J'ai en effet pour principe de réserver ma chienne à mon usage exclusif.

Laura eut un regard reconnaissant vers Alain qui pourtant, elle le savait, mentait. En d'autres circonstances, il n'avait pas hésité à la partager. Sous son contrôle attentif, elle avait, par un ou plusieurs partenaires simultanément, été baisée, sodomisée, des mains l'avaient triturée, palpée, s'étaient enfoncées en elle... Mais c'est vrai, constata-t-elle étonnée de ne pas s'en être rendu compte plus tôt, personne d'autre que lui ne l'avait fouettée. Non plus d'ailleurs, n'avait été autorisé à user de sa bouche.

— C'est fort dommage, reprit l'inconnu. Avant de m'occuper de la même manière de mon épouse, j'aurais bien aimé m'exercer sur votre femelle... Je suis prêt à vous rémunérer si cela peut vous faire changer d'avis.

Laura eut une soudaine bouffée d'aversion vis-à-vis de cet homme qui visiblement n'avait rien compris et la considérait comme un simple animal dont on peut se servir à son gré.

— Je ne pense pas que cela soit à même de me faire changer d'avis, rétorqua d'une voix froide et tranchante Alain. Sachez Monsieur, que cette soumise est là de son plein gré et non pour une sordide question d'argent. Elle n'est pas à vendre ! Vous l'insultez et vous m'insultez gravement en parlant de la sorte et je ne saurais le tolérer. Si vous deviez continuer dans cette voie, je me verrais obligé d'en rester là et de vous demander de partir.

— Veuillez accepter mes excuses, je ne voulais pas vous froisser, répondit l'inconnu d'un ton mielleux. J'ai tant de choses à apprendre.

Décidément, Laura connaissait cette voix. Cette intonation doucereuse. Elle en était sûre. Où l'avait-elle entendue ? Dans quelles circonstances ? Elle fouilla dans sa mémoire, essayant en vain de mettre un visage sur la voix. Le premier coup de martinet la surprit dans ses pensées et elle ne put retenir un cri de douleur déchirant quand les lanières lacérèrent le haut de son dos.

— Va-t-elle ainsi crier à chaque fois. Je trouve cela assez perturbant et pour tout dire désagréable.

Laura sentit une haine farouche l'envahir en entendant les mots que l'inconnu venait de prononcer. Mais pour qui se prenait-il pour faire ce genre de remarque ? Elle aurait bien aimé le voir à sa place…

— Non, rassurez-vous. Nickie, tu as entendu ce que vient de dire notre visiteur. Fais donc en sorte de ne plus nous déranger par tes cris. À moins que tu ne veuilles de nouveau goûter du bâillon d'angoisse…

Laura frémit en entendant Alain parler du bâillon. Elle se souvenait avec effroi de la fois où Alain avait enfoncé dans sa bouche, pour la punir d'une parole de rébellion, une énorme boule en cuir qu'il avait solidement fixée à l'arrière de sa nuque par d'épaisses courroies. Elle avait dû rester ainsi les lèvres distendues par le bâillon pendant plus d'une heure, sa salive dégoulinant le long de son menton.

Alain reprit sans attendre la réponse de Laura sa flagellation. Alternativement, les coups retombaient sur son dos, ses fesses, le creux de ses reins et allumaient sur son corps une troublante sensation de brûlure. Toutefois, Laura savait qu'Alain retenait la violence des lacérations. Elle lui en fut reconnaissante, mais en même temps ressentit une espèce de frustration. Elle aimait tellement sentir les lanières lacérer, sans modération, sa chair. Au bout de dizaine de coups, Alain cessa. Sans attendre, Laura le vit se saisir de la cravache et, sans lui octroyer le moindre répit, flagella de vingt coups rapides ses fesses. Là aussi, Laura sentit qu'il retenait son bras. Malgré tout, la douleur était maintenant bien réelle et Laura ne put contenir ses plaintes alors même, en dépit de la situation humiliante d'être observée par un inconnu, qu'un désir diffus, mais vivace germait et grandissait au fond de son corps.

Toujours, elle serait étonnée de cette chimie qui à un moment donné s'opérait en elle qui transformait, sans qu'elle en ait réellement conscience et encore moins le moindre contrôle, sa souffrance en plaisir.

Alain s'approcha d'elle et lui flatta les hanches tout en lui murmurant de façon que leur visiteur ne l'entende pas :

— Courage ma belle. Fais-moi honneur, puis il continua à voix haute. Je vais maintenant, pour terminer, passer au fouet qui est de loin l'instrument le plus douloureux et aussi le plus difficile à manier. Mais le dos de Nickie a été suffisamment sollicité. Voyez ces belles marbrures qui le strient. Magnifiques, non ? Nous allons plutôt nous occuper de son ventre et de ses seins.

— Mais si vous la faites se retourner, cette femelle va me reconnaître, objecta l'inconnu.

— Ne vous inquiétez pas ; je vais bien évidemment lui couvrir les yeux. Cela aura un avantage supplémentaire pour elle d'ailleurs puisqu'ainsi plongée dans l'obscurité, elle ne sera distraite par rien et pourra en toute quiétude jouir des sensations que va lui procurer le fouet, lui répondit Alain en s'approchant de la table.

Laura eut un gémissement d'appréhension en le voyant saisir, après une brève hésitation, un long fouet surmonté par une fine lanière de corde nouée dont la lacération était, elle le savait bien, particulièrement éprouvante surtout quand le coup venait mourir sur son sexe. Elle retint toutefois sa protestation de toute façon inutile.

— Ma chienne apprécie notamment celui-ci, continua-t-il tout en faisant glisser le bout de la lanière entre les seins de Laura qui frémit au contact du cuir froid. Son extrémité comme vous pouvez le voir se termine par un nœud. Très efficace ! Mais extrêmement douloureux. Il faut, par ailleurs, apprendre à le manier sous peine d'infliger de profondes blessures. Ce qui n'est pas le but recherché ! Je ne vous le conseille donc pas dans la phase d'initiation de votre épouse. Vous risqueriez de la décourager d'aller plus loin. Les sensations sont très dures. Je me contenterai d'une dizaine de coups. Deux sur chaque sein, deux sur le ventre et les quatre derniers sur le pubis et le sexe. Approchez-vous donc...

Alain pouvait maintenant lui bander les yeux, et la faire se retourner. Il savait que Laura avait imprégné dans son cerveau l'image de son prochain instrument de torture. Elle attendrait, impatiente et inquiète, la morsure du fouet qu'elle craignait entre tous, mais, en même temps, source de plaisirs indicibles. S'abattraitil d'abord sur son ventre ou sur ses seins ? À moins qu'Alain ne décide, comme il l'avait déjà fait, de s'attaquer directement au sexe !

— Mais, elle coule comme une fontaine, s'étonna l'inconnu qui s'était empressé d'observer l'entrecuisse de Laura dès qu'elle avait été retournée et de fouiller son vagin sans ménagement.

— L'effet du bandeau qui amplifie son ignorance des prochains coups, expliqua Alain. Ne pas savoir où et quand le cuir s'abattra, lui provoque toujours une excitation phénoménale.

Alain attendit près d'une minute, laissant Laura dans l'expectative. Le plaisir montait en elle. L'angoisse aussi. L'oreille aux aguets tous ses sens en alerte, Laura se tendit dans l'attente de la première flagellation. Pourtant, il ne se passait rien. Mais Laura, anticipant le premier coup, se crispait au moindre bruit. Cette fois, elle en était sûre, le cuir frapperait directement son sexe. Elle connaissait tellement Alain. Et elle avait raison ! Comme elle l'escomptait, Alain mit fin à cette attente sans aucun détour. Pas de démarrage progressif. Le ventre et la poitrine seraient pour l'instant épargnés. Alain impulsa à l'instrument un mouvement du bas vers le haut. Le fouet se déroula tel un serpent. Il rencontra la vulve grasse et termina sa course, derrière, entre la raie des fesses. Ce premier coup fut assené sans aucune retenue. Ceux qui suivirent aussi. Durant cette série qui devait clore la séance, Alain, tel un formateur avisé, commenta ses gestes à l'inconnu :

— N'oubliez pas de toujours anticiper votre cible. Soignez la précision ! Dans notre cas, je vise les parties les plus sensibles. Regardez, avec quelle justesse le fouet peut s'insinuer entre les lèvres pour aller attaquer l'anus !

L'inconnu observait attentif et ébahi. Pour Laura, c'était une autre histoire. La souffrance était telle, son sexe la brûlait tellement, que lors du quatrième coup sur son pubis, elle avait abandonné toute volonté de retenir ses hurlements. Ils étaient rauques, désespérés. Elle crut qu'elle allait s'évanouir quand le fouet s'attaqua à ses seins et mordit la chair tendre de ses tétons. Mais Alain maîtrisait parfaitement les limites de sa soumise. Les deux derniers coups sur son ventre furent pour Laura comme des caresses.

— Magnifique ! Vraiment sublime ! complimenta l'inconnu. Je me régale autant de ce que vous faites endurer à cette femelle que de la formation que vous m'avez dispensée. Je regrette toujours que vous ne m'autorisiez pas à la fouetter, mais puis-je au moins la toucher ?

— Je ne peux pas vous le refuser, répondit Alain en souriant.

À demi consciente, Laura perçut la réponse de son Maître comme une pique qui la transperça. Non ! Il n'avait pas le droit de laisser cet inconnu toucher son corps malmené. Pas maintenant ! Surtout qu'elle était certaine des endroits que l'individu allait privilégier. Effectivement, les mains se posèrent sur ses seins qu'elles se mirent à palper avec rudesse. Un sentiment de répulsion parcourut Laura tout entière. L'homme malaxa les mamelons, puis tira sur les poids suspendus aux tétons jusqu'à arracher une grimace à sa proie. Ensuite, les mains descendirent et tiraillèrent la vulve. Inqualifiable tourment des chairs intimes encore sous la souffrance du supplice précédent. À chaque signe de douleur de Laura, l'homme souriait un peu plus.

— Me permettez-vous aussi de l'insulter ? s'enhardit l'inconnu.

— Vous me semblez prendre plaisir à la situation, répondit Alain. Mais n'abusez pas de ma bonne volonté. Je vous l'accorde, mais c'est ma dernière faveur.

— Merci, merci beaucoup !

Sans lâcher la vulve, l'homme saisit de sa main libre une touffe de cheveux de Laura. Il tira pour entraîner la tête en arrière, approcha sa bouche du visage de la soumise, puis déclama un flot d'insultes :

— Salope ! Grosse pute ! Tu es une grosse pute à ma merci. Tu n'es rien qu'un cul, qu'un trou à bitte, un gros tas de viande ! Une grosse salope de pute ! Une sale truie ! éructait l'individu tout en malaxant avec rudesse ses seins.

Ses doigts étaient maintenant dans son conduit vaginal qu'il prenait un malin plaisir de griffer, s'égaraient vers son anus heureusement, songea Laura, toujours garni du rosebud qui bloqua le passage aux doigts fureteurs.

Laura écoutait. Ah, si ces insultes étaient proférées par Alain, ce serait merveilleux ! Mais par cet infâme individu, c'était insupportable ! Elle n'en pouvait plus. Était au bord de la rupture. L'inconnu poursuivait inlassablement sa litanie de mots orduriers. Étrangement, il paraissait se libérer de quelque chose. Les invectives durèrent de longues minutes au cours desquelles Laura reprit lentement conscience. En retrait, Alain observait et surveillait la scène pour éviter tout dérapage. Quand Laura comprendrait-elle qui était cet homme ? Il n'allait tout de même pas lui retirer son bandeau. Aveugle, l'effet serait amplifié. Il fallait qu'elle devine plutôt qu'elle ne voit.

Laura sentit les mains lâcher ses cheveux et son sexe. Le souffle de l'homme sur son visage se fit moins fort, signe que l'individu s'éloignait enfin. Elle redressa la tête. Cette voix... Ah, cette voix... Elle devait trouver. Elle allait trouver, elle en était certaine.

— C'est sûr qu'elle est moins fière, maintenant cette salope, déclara l'inconnu en accompagnant ses paroles d'un rire gras. Outre la démonstration de flagellation, vous ne pouvez pas savoir le plaisir que vous m'avez fait en m'accordant la faveur de pouvoir humilier cette femelle. Juste retour des choses. Ha ! Ha ! Ha ! Ha ! Ha !

Laura faillit perdre le souffle qu'elle venait de retrouver. Ces dernières paroles, ce rire... Non ! Pas lui ! Pourtant, le doute n'était plus permis : l'inconnu n'était autre que Jean Martin. Un ancien collègue de travail qui l'avait lourdement poursuivi de ses assiduités et qu'elle détestait. À plusieurs reprises, elle avait dû le remettre à sa place. Puis il avait quitté la société, mais l'image de ce petit homme timide, prétentieux, antipathique était toujours restée imprégnée dans la tête de Laura comme l'exemple du genre d'individu qu'elle exécrait le plus. Souvent, elle avait expliqué à Alain que rencontrer de nouveau un tel individu la rendrait très mal à l'aise.

Aujourd'hui, non seulement, elle se trouvait face à Jean Martin, mais elle lui était exhibée, exposée comme un objet, impudique. L'homme avait eu tout loisir de l'observer, il s'était repu de la séance de flagellation. Il l'avait copieusement insultée. L'avait touchée. Laura se sentit tout à coup doublement honteuse. Une froide colère l'envahit à l'encontre d'Alain de l'avoir ainsi humiliée. Pourtant, en se rappelant qu'Alain était l'instigateur de cette mise en scène blessante entre toutes, sa honte se transforma rapidement en excitation. Comment pouvait-elle lui reprocher quoi que ce soit ? Que ce malotru parte vite, songea-t-elle. Qu'il nous laisse...

Elle rejeta sa tête en arrière, et se laissa porter par le plaisir à venir lorsqu'elle entendit la porte se refermer sur l'individu.

Possession

Gamine, je rêvais du prince charmant qui viendrait m'enlever sur son fier destrier et me chérirait et me protégerait toute notre vie durant. Un homme orgueilleux et solide à qui je ne pourrais résister et qui serait pour moi à la fois le père que je n'ai jamais eu, l'époux attentionné que je désirais et l'amant fougueux que j'espérais. Déjà, je me voyais avec lui bravant mille dangers et vivant une vie aventureuse, mais protégée par notre amour.

Les années passant, mes ambitions se sont amoindries. Le prince charmant sombre et ténébreux s'est transformé en simple mortel. Peu à peu, je me suis caparaçonnée dans une cuirasse qui me préservait de la froide réalité du quotidien qui n'a rien à faire des princes charmants. La femme fragile de mes rêves de gamine est devenue une femme déterminée et indépendante. Autonome et faisant fi de toutes contraintes. Une femme fière de sa liberté qui n'était en fait qu'un paravent jeté entre la réalité et les illusions déçues de la jeune fille qu'elle avait été.

Pourtant je me languissais, dans le secret de mon cœur, de mon prince charmant qui viendrait, enfin, me délivrer de mes fades amours qui n'étaient que feux de paille vite éteints alors que je rêvais d'incendies incandescents qui m'embraseraient tout entière. Mais cela était toujours pareil. L'homme arrive sûr de lui, de son pouvoir. Étreintes éphémères. Sa queue en moi qui s'immerge au fond de mon vagin. Quelques cris qui le rassurent dans sa virilité. Et puis… rien….

Alors je me suis inventé un monde à moi emplie des fantasmes les plus improbables. J'imaginais au gré de mes rencontres des histoires d'amour fou que je gardais soigneusement cachées. Combien d'hommes m'ont ainsi accompagnée sans se douter qu'ils jouaient le rôle d'un héros ! Je les sentais venir sur moi, m'écraser de leur poids. Alors je fermais les yeux et je m'inventais, écartelée, violée, hurlant de désir et de jouissance exacerbée, des histoires débridées.

Les années sont passées et aucun fier cavalier n'est jamais venu m'enlever à la triste routine qui engluait mes jours et mes nuits. Je restais libre. Désespérément libre ! Esclave sans maître. Pourtant ce héros existait qui saurait me délivrer de moi. De cela j'étais persuadée ! Peut-être celui-là sera-t-il assez fort ou bien cet autre assez téméraire ? Mais chaque fois, le rêve vole en éclat et la réalité me ramène sur terre.

J'ai aujourd'hui passé la cinquantaine et si je n'ai toujours pas trouvé mon prince, il vit malgré tout en moi. Je lui ai donné, à force de constance et de persuasion, une existence. Il vit à travers le regard que portent sur moi tous ces hommes à qui je me soumets. Celui-là a sa prestance. Cet autre son autorité. Ce troisième sa tendresse et celui-ci enfin sa violence. Je continue, inlassable, ma quête impossible et me fourvoie dans des chemins sans issues. La rage me gagne. Je me hais pour ce rêve absurde que j'ai chevillé au cœur. Alors, pour me punir, je m'aventure dans des contrées étranges. Je deviens celle que je ne suis plus. Celle que je n'ai jamais été et ne serai jamais. La soumise, l'esclave.

Pour soigner l'image de la parfaite soumise, j'épile mon corps et ôte méticuleusement toute pilosité disgracieuse. Je dis épiler et non raser. Malgré la douleur que cette opération suscite surtout lorsque j'atteins la zone ultra sensible de mes nymphes et encore plus, peut-être, la chair fripée qui entoure mon anus, elle seule permet de conserver à ma peau toute la douceur que je juge indispensable. Minutieusement, une fois par semaine, je m'enduis de cire chaude et arrache sans aucune pitié le moindre poil. Pour être certaine du résultat, je m'assieds jambes grandes ouvertes devant le grand miroir de ma chambre, une lampe dirigée vers mon sexe et inlassablement j'appose des bandelettes étirant bien la chair tendre pour atteindre tous les recoins où pourrait se cacher un poil. Mes aisselles et mon pubis sont ainsi aussi lisses qu'au jour de ma naissance. Je passe parfois sur moi une main hésitante et m'émerveille de la douceur troublante de ma peau que j'amplifie encore à l'aide de crème onctueuse et parfumée. Mon corps ainsi dépoilé est vraiment nu. Vulnérable. Sans plus rien pour le protéger et le cacher. La fente de mes lèvres bien dessinée entre mes cuisses. Flèche magique qui indique sans incertitude le passage vers l'antre humide de plaisirs ineffables. Je me regarde dans le miroir qui me renvoie l'image ambiguë d'une femme aux formes pleines et opulentes, mais au sexe glabre d'une enfant. Sur mon épaule gauche, j'ai, tatoué, une salamandre dont la queue ondulante se love sous mon aisselle et dont le corps est formé d'un masque. Ce masque derrière lequel j'avance cachée et pourtant découverte. Mes seins sont percés. Une tige d'argent transperce mes mamelons et rend plus émouvante leur tendre fragilité. Parfois, j'accroche à la tige un anneau crénelé qui sertit mes tétons fièrement érigés. Je vais ainsi l'été à la plage et exhibe sans aucune honte ni pudeur mon corps orné de ces marques de soumission que je m'impose et qui attirent irrésistiblement les regards. Curieux et intéressés des hommes. Désapprobateurs des femmes. Mais je m'en fous. Je suis ce que je veux être. Objet de convoitise et de plaisir. Je suis à qui veut me prendre. Corps disponible. Corps qui veut jouir. Corps à soumettre.

Libre de mes jouissances et maîtresse de mes désirs, je me donne à qui j'ai décidé. Hommes ou femmes. Cela n'a pas d'importance ! Ils me prennent pensant me dominer. Moi, je ne veux rien d'autre que l'exaspération d'une impossible domination qui sans cesse se refuse à moi.

Je multiplie les aventures et passe allègrement et sans aucun remords ni honte de l'un à l'autre. Je me laisse enchaîner, lier, humilier. Je me plie à leur désir brutal. Consentante et soumise. Ils me prennent par tous mes orifices que je leur offre sans vergogne. Ils utilisent ma bouche, mon cul, mon vagin à leur convenance comme réceptacle à leur jouissance dont je me délecte.

Allez, usez et abusez de moi ! Je suis votre chienne, votre pute, votre amante. Je suis une salope lubrique. Je suis ce que vous voudrez que je sois pendant ce bref instant où je me donne à vous. Allez, n'ayez aucune crainte ! Lacérez mon corps sous vos coups de bites en folie, faites rougir et brûler mes fesses de vos mains qui s'abattent en cadence. Empoignez mes cheveux, relevez mon visage ruisselant de larmes de joie et usez de ma bouche que tord un sourire lascif pour y déverser votre foutre. Voyez comme elle s'ouvre pour accueillir vos queues. Faites-moi plier et vibrer sous votre joug que j'appelle de tout mon être. Laissez-moi vous supplier de cesser de me torturer. Laissez-moi vous supplier de ne pas cesser. Engouffrez-vous dans mon vagin détrempé, dans mon cul béant que je tends vers vous. Je veux sentir votre sperme gicler sur mes joues, dégouliner en filament iridescent entre mes seins. Pissez sur moi. Jet infamant entre tous qui me rabaisse au plus bas niveau d'une déchéance acceptée et voulue.

Violence que je m'impose qui me fait oublier toute fierté.

Je m'agenouille, offre ma croupe à l'Homme pour qu'il me sodomise. Non le mot est trop policé pour retranscrire ce que je veux vraiment. Je veux qu'il m'encule. Qu'il mette sa queue bien profond dans mon trou du cul ! Mouvement surpris de sa part à la crudité de mes mots. C'est la première fois que nous sommes ainsi. Que je me donne à lui. Rencontre de hasard. Comme je les aime. Mes mains sont posées sur mes fesses que j'écarte pour lui ouvrir grand le passage. Nul besoin de préliminaires. Désir brut qui exige l'assouvissement des sens. Je le sens s'affairer. Écarter plus encore mes fesses et s'engouffrer d'un ample mouvement de ses hanches en moi. Je hurle de douleur, de plaisir. Je me débats. Je deviens femelle en rut qui appelle le mâle. J'en veux plus encore. Je veux me vautrer dans cette infamie qui seule me donne l'impression de vivre. Maître, Monsieur. Je suis votre chienne soumise. Chienne en chaleur qui n'a d'autre exigence que d'être prise et emplie. à plaisir, j'exacerbe par mes rires votre colère. Je me moque de vous. De votre manque de vigueur. De votre pusillanimité à me remplir. N'êtes-vous donc capable que de cela ?

Écartelez-moi sur ce lit de supplices dont je suis la souveraine. Enculez-moi. Inondez mon cul de votre jus chaud et gluant. Enserrez mes seins de liens à les faire éclater comme des fruits trop mûrs. J'aime la couleur violacée qu'ils prennent alors. Leur dureté de marbre. Liez mes mains pour m'empêcher de me défendre du fouet que je vous ai tendu pour que vous m'en flagelliez avec toute votre force d'homme. Lacérez mon dos, mes seins, mon ventre. Dessinez-y le labyrinthe de mes désirs inaccessibles. Faites-moi hurler. Me tordre de douleur. Insultez-moi. Abreuvez-moi de mots offensants et obscènes. Profitez de ce moment que je vous accorde. Maître, je suis votre esclave. Profitez, de cette liberté que je vous octroie d'user de moi à votre guise et qui, enfin, me donne la sensation d'être en vie.

Mes cuisses s'écartent largement sur mon sexe que j'offre à votre concupiscence, à votre exaspération de ne pas avoir réussi à me faire plier. Chacune de vos claques sur mes fesses exprime votre rage de ne pas avoir été capable de me soumettre.

Vous êtes debout devant moi. Incrédule, vous me contemplez vous défier du regard. Docile, mais pas asservie. Mon arrogance vous enrage. Cela ne suffit donc pas ? Non, cela ne suffit pas. Vous vous rapprochez. Au fond de vos yeux, où toute indulgence a disparu, brille une lueur cruelle et dure. Un frémissement me parcourt à cette lueur noire d'orage. Je veux votre violence poussée à son paroxysme. Durement, vous tordez mes bras en arrière et les liez. Je serre les lèvres pour ne pas gémir. Pas question de vous faire l'offrande de ma faiblesse. Pas encore. J'attends de savoir si vous le méritez. La corde s'incruste profondément dans la peau de mes poignets, de mes seins, autour de mon ventre. Elle m'entoure, m'enserre à m'étouffer dans un écrin. Mon regard vous défie encore alors que vous m'administrez une première gifle en aller-retour qui retentit en moi comme le glas de mon indépendance. La douleur explose dans ma tête en mille étincelles lumineuses. Mais mes yeux ne cillent pas. Je les sens étinceler. Je ne me soumettrai pas. Pas encore. Une nouvelle gifle retentissante. Mes joues rougissent brûlantes et un goût de sang emplit ma bouche. Vous attachez la corde à la poutre du plafond, mon buste penché en avant qui tire de tout son poids sur mes bras douloureusement tordus en arrière. Mais vous n'avez cure de la souffrance que vous m'infligez en m'immobilisant dans cette position qui fait naître dans mes muscles des élancements insoutenables. Je relève le visage et vous regarde maintenant avec reconnaissance. Des larmes perlent à mes paupières. Des larmes de joies. Des larmes de peine. Ou d'espoir. Des larmes de douleur. Des larmes de soulagement. Je me dis que peut-être ma quête touche à sa fin. Un long moment vous me laissez ainsi dans cette position qui enflamme chacun de mes muscles, mais qui fait naître en moi un sentiment de bonheur inextinguible. Souffle brûlant du désir qui m'embrase soudain alors que vous m'observez sans aucune pitié. Seule ma respiration haletante rompt le silence qui nous enveloppe. Vous vous approchez votre queue fièrement raidie devant vous. Lentement, vous la faites se promener sur ma chair frémissante, exaspérant mes sens. Désespérément, je tends mes lèvres pour saisir ce fruit objet de toutes mes convoitises qui sans cesse m'échappe. Mais je ne vous supplierai pas non. Je ne vous offrirai pas le plaisir de ma reddition. Pas encore ! Celle-ci se mérite ! Aucun gémissement ne m'échappe. Les minutes s'égrènent avec une lenteur désespérante. Mon corps n'est plus que brûlure flamboyante. Vous marchez de long en large autour moi. Insensible

155

à mes tourments. Vous me détaillez sans indulgence. Je n'ai cure, de toute façon, de votre indulgence. Un fouet à la main. Vous balancez les lanières devant mes yeux obscurcis de larmes de convoitise. Avec une insoutenable lenteur, votre bras se relève. Vous faites durer cet instant magique d'avant la foudre. Mon esprit s'enfièvre. Mon corps se tend. Hurlement sans fin alors qu'enfin la courroie retombe et m'embrase. Combien de fois ? Je ne sais plus. Je hurle. Je vous insulte. Attise votre colère. Je veux cette rage qui se fait l'écho de ma propre rage. Je veux qu'elle explose. Je la fais mienne. Je vous donne ma fureur de n'être plus rien qu'un corps gémissant et heureux.

Je sens votre violence qui se déchaîne sur mes fesses, sur mon dos. Elle me brûle, elle me déchire, elle me transperce. Et je jouis. Me ris de votre incompréhension vous qui croyiez me dominer alors que je me joue de votre désir. Je suis toute puissante alors que le fouet me lacère d'un déluge de feu. Plus fort. Laissez sur mon dos la marque incandescente de votre violence dérisoire. Zébrures rouges que je porterai comme un trophée. Je n'ai pas peur de la souffrance elle seule me permet de me sentir vivante. La jouissance est partout, la douleur nulle part. Allez-y encore et encore. Je tends mes seins vers la morsure du cuir. Faites-moi hurler sous vos coups.

Je tombe à genoux, ivre de jouissance, alors que d'un mouvement brusque, vous me déliez. Je relève le buste, fière d'avoir traversé cette épreuve. Je vous regarde avec défi, avec gratitude, le sourire aux lèvres. Lentement, mes doigts frôlent les lacérations qui marquent mon corps d'une couleur pourpre. Je frémis sous la brûlure qui vibre.

Infiniment reconnaissante, je m'incline alors à vos pieds que je lèche avec dévotion. Je me complais dans cette soumission que je vous offre avec ravissement.

Je me relève sereine. Le corps fourbu. Mille élancements me transpercent. Je suis bien.

Je   pars.   Enfin   libre.

Table des matières

www.ingramcontent.com/pod-product-compliance
Lightning Source LLC
Chambersburg PA
CBHW071300130626
46556CB00003B/1395